한국 희곡 명작선 31

세 친구

한국 희곡 명작선 31

세 친구

노경식

친일문예 적폐청산을 위한 해원굿
모든 연극인의 이름으로
역사와 국민 앞에
친일연극을 속죄한다

평민사

노경식

세 친구

SKT · · · · · · · · · · · · 📶 75% 📶 오후 1:49

✕ 댓글
m.facebook.com ▾

노경식
10월 6일 오후 11:43 · Facebook for Android ·

나의 自畵像

80평생 쌓은 塔이
광대놀음 글일레라

세상사 둘러보고
역사를 찾아보고

묻노라 太平煙月은
어디쯤에 있는가.

2017년 丁酉 10월 3일 開天節 –

작품의 과오와 책임은 작자에게 귀착한다

下井堂 노경식

한국극작가협회가 지난해에 의욕적으로 펴낸 『한국희곡명작선』 (전30권) 선집에 〈두 영웅〉을 상재하였고, 올해도 졸작 〈세 친구〉로 참여하게 되었다. 출판 사정이 여러 가지 어려운 우리네 현실에서, 흔쾌히 손을 맞잡아준 명문 출판사 평민사에게 감사하고 고마운 마음이 그지없다.

나는 대학시절에 두 번의 크나큰 국난(國難)을 겪었다. 대학 3학 년의 '4.19혁명'과, 4학년 때는 '5.16군사쿠데타'. 4.19혁명은 나 도 대학생 시위대로서 서울 거리를 누비면서 큰 목소리로 민주주 의를 절규하고, 피 묻은 시민과 젊은 학생 열사들을 대학병원 영안 실에서 눈물과 분노로 목도하였으니, 이른바 나 또한 '4.19세대'임 이 분명하다. 그러고 나서 불과 1년 만에 청천벽력 같은 군사반란 을 맞이하였다. 2015년 〈봄 꿈〉의 창작 소재는 4.19민주혁명이다. 뜻하지 않은 군사반란 때문에 민주혁명의 위대한 역사와 소재는 우리의 문학 예술사에서 그 형상화의 시간과 광장(廣場)을 놓쳐 버리고, 흔적도 없이(?) 사라져서 오늘날까지 이르렀다는 것이 나의 판단이고 생각이다. 그러므로 4.19 소재의 문예작품을 찾아보기란 눈 씻고 봐도 지난한 일이 되고 말았다. 진실로 한스럽고 서글프고 부끄러운 현상이다. 해서 연극과 문학에 몸담고 있는 한 사람으로서, 내가 체험했던 생생한 4.19혁명 소재를 극화하고 싶다는 것이 십수 년래의 나만의 꿈이요 소망이었다. 그러다가 늘그막에 와서야 기필(起筆)의 용기를 내게 되었던 것이다. 하늘나라에 앞서 가신 민주영령의 명복을 빌며, 비록 둔필(鈍筆)일망정 작은 지성(至誠)으로 알고 가상하게 여겨주기 바란다.

그리고 나서 쓴 것이 여기 2016년의 〈세 친구〉. 작품 소재는 일제강점기에 혼(魂)을 팔아버린 친일 매국의 민족반역자들 이야기. 그중에서도 문화예술에 몸담고 살았던 특별히 연극 예술가들이다. 그들 역시도 다른 분야의 인물과 마찬가지로 자신의 친일행적과 민족반역에 관련하여, 살아 생전에 단 한 번도 국민과 역사 앞에 반성하고 사죄한 적이 없었다. 오히려 그들은 자신의 변절과 타락을 은폐하거나 철저히 무시하고 외면하면서, '시대상황과 어쩔수 없었다'는 등 교언영색의 합리화와 궤변 논리로 일관하며 살아갔다. 자세히 성찰해 보면 문화 예술가들의 친일 죄과와 행적은 역사책 기록과 논문에만 존재하고 있을 뿐, 광복 75년 동안에 우리네 예술활동 속에서 형상화된 적이 별로 없었다. 나는 용기와 만용을 무릅쓰고, 이에 작품화를 결심하게 되었다. 이 작품은 역사기록을 더하여, 작가 본인의 창작의지와 연극적 상상력의 결과물이요 펼

처냈음이다. 작품의 모든 과오와 책임은 작자에게 귀착한다.

요즈음 시중에서 떠도는 "이게 나라냐!" 하는 말과 함께, 인구에 회자되고 있는 "친일토착왜구 적폐청산"이라는 시사용어도 예사롭지 않다는 생각이다. 일찍이 경북 대구의 「무천극예술학회」가 개최한 『노경식연극제』(2003)에서 내가 소회(所懷)하였듯이,

〈죽을 때까지 이 걸음으로 ─〉

서울 서대문구 '홍은동 집'에서.

차 례

〈세 친구〉

(4막)

등장인물

박 석(朴 石) - 연출가(40)
김이섭(金怡燮) - 시인(40)
유동진(柳東鎭) - 극작가(40)
이헌구(李軒求) - 평론가(40)
마담 - 찻집 '제비' (30대)
홍사용 (洪思容) - 시인(45)
현산(玄山 구로야마) - 독립운동가, 60대 장기수(長期囚)
함세덕(咸世德) - 극작가(30)
임선규(林仙圭) - 극작가(35)
노천명(盧天命) - 시인, 『매일신보』기자(34)
조택원(趙澤元) - 무용가(38)
김사량(金史良) - 소설가(31)
리여사(李女史) - '동경다방' 주인(40대)

한용운(65)/정인보(52)/최남선(55)/이광수(53)/마해송(40)/이
태준(41)/진장섭(41)/정홍교(42)/백철(37)/이진순(29)/서정주
(30)/이토오(伊藤)검사/미무네(三宗)간수장/다까이(高井)계장/
아베(阿部)회장/『매일신보』기자 외 사람들 다수
(✱✱ 나이 1945년 기준)

때와 곳

1940년대 日帝强占 下의 '大東亞戰爭'(태평양전쟁) 시절
京城(서울) 일원 및 베이징(北京), 도쿄(東京)

무대

무대장치는 연극의 전개와 발전에 따라서 가변적이다.

1막

◎[동영상] 1941년 12월 8일 일본 해군의 '진주만 기습작전'[眞珠灣
攻擊]을 시작으로 하고, 인도차이나(印度支那) 정글지대의 치열한
공방전.
일본제국의 휘날리는 군기(軍旗) '욱일기'(旭日旗, 교쿠지쓰키),
〈陸軍分列行進曲〉(YouTube)

(1) 무대 우측, 서울(京城)의 찻집 '제비' 간판 및 그 실내.
카운터 자리에는 젊은 마담이 손거울을 들여다보며 얼굴 화장을
토닥토닥 손질하고 있으며, 그 옆에 놓여 있는 축음기(레코드)에선
유행가 한 곡이 신나게 흐르고 있다.
카운터 앞 떨어져서, 박석이가 다방 의자에 눕듯이 앉아서 잡지 한
권을 느긋하게 읽고 있다. 박석의 특징은 굵고 네모난 검은 테 안
경을 끼고, 소매 없는 조끼와 멜방 차림. 젊은 남녀 한 쌍이 자리에
서 일어나 서로 손잡고 나간다.

〈福地萬里〉 (작사 김영수/ 작곡 이재호/ 노래 백년설)
달 실은 마차다 해 실은 마차다
청대콩 벌판 위에 휘파람을 불며간다
저 언덕을 넘어서면 새세상의 문이 있다

黃色氣層 大陸길에 어서가자 방울소리 울리며. ~~

마담　(눈길을 건네며) 선생님은 뭘 그렇게 열심히 읽고 계세요?

박석　(건성으로) 『國民文學』. 친일잡지 '국민문학'이다.

마담　친일문학 잡지 '국민문학'이요?

박석　(혼잣말로) 〈싸우는 국민의 자세〉라. 유동진이가 한 말씀 또, 대갈일성(大喝一聲)을 나불댔네 그랴! '싸우는 조선국 민'의 올바른 자세, 어쩌구저쩌구…….

마담　연극인 유동진 선생 말씀이죠? 극단 〈현대극장〉의 단장, 희곡작가님. 유동진 선생은 '내선일체'(內鮮一體)에 온몸 을 바치셨다니까. 현 시국의, 대일본제국의 대동아전쟁 에다가…….

박석　그럼그럼. '나이센잇타이' 내선일체, 일본과 조선은 한 몸뚱어리다! 좋아요, 좋다. 허허. (사이, 장난스럽게) 얘야, 옥 (玉)아? 그 레코드 판 딴 것 좀 틀어라. '달 실은 마차다 해 실은 마차다', 〈福地萬里〉가 뭐냐! 압록강 두만강 넘 어가서, 북쪽 땅 만주 벌판이 무슨 놈의 지상낙원이라도 된다드냐? 복지만리, 즐거울 락자 '낙토만주'(樂土滿洲)라 니…….

마담　호호. (축음기 끄며) 박석 선생님도 백년설(1914-1980) 가수 좋 아하시잖아요? 백년설 씨 노래로, 그럼 뭘 틀까요? '오 늘도 걷는다마는 정처 없는 이 발길……', 〈나그네 설움〉?

박석　……. (말없이 바라본다)

14

마담　아니면, 〈번지 없는 주막〉? (가볍게 구음을 내며) '문패도 번지수도 없는 주막에/ 궂은비 내리는⋯⋯.'

박석　으흠⋯⋯.

마담　으응, 알았다. 여그 〈복지만리〉 뒤판에 있는, (노래로) '버들잎 외로운 이정표 밑에/ 말을 매는 나그네야 해가 졌느냐⋯⋯' 어때요, 〈大地의 港口〉는? 신나고 경쾌하게⋯⋯

박석　그 노래도 친일가요(親日歌謠)다, 임마. 더 좋은 것 없어, 딴것으로?

마담　요즘이야 친일유행가가 전부 다죠, 머. 으음, 알았다! (연극의 흉내로) '길가에 핀 꽃이라 꺾지를 마오/ 홍도야 우지마라 오라버니가 있다!' 임선규 작 박진 연출 〈홍도야 우지마라〉⋯⋯ 〈사랑에 속고 돈에 울고〉는 왕년에 선생님께서 연출하신 신파연극 아닌가요? 전국적으로 온 나라와 경성(京城) 바닥을 눈물과 감동으로, 공전(空前)의 히트작품 말예요. 서대문 밖에 있는 〈동양극장〉(東洋劇場)에서, 호호.

박석　옳아, 내가 만들어낸 신파극은 「사랑에 속고 돈에 울고」이고, 「홍도야 우지마라」는 제목이 바뀌었어요. 그 연극이 대히트를 치니까 고범 이서구(孤帆 李瑞求, 1899~1981, 46세, 牧山瑞求 마키야마 쓰이모토무)가, 나중에 노랫말을 새롭게 작사하고 지어서 부른 유행가 제목이란 말이다. 확실히 알고 구별해서 말해라, 엉? 허허⋯⋯.

마담　에이, 몰라요! '홍도야 우지마라'든지, '사랑에 속고 돈에 울고'라든지. 그것이 그것이죠, 머. (다가와서 옆 의자에 털썩

주저앉는다)

박석 가만히, 가만있어 봐요. (주위를 둘러보고, 장난기로) 그렇다면 왕수복(王壽福, 1917-2003) 노래는 어떠냐?

마담 여자가수 왕수복?

박석 그래애. 노래 곡목 〈그리운 江南〉! 왕수복의 그 유행가 말이다. (일어나서 큰소리로 노래) '정이월 다가고 삼월이라 네/ 강남 갔던 제비가 돌아오면은/ 이 땅에도 또다시 봄 이 온다네/ 아리랑 아리랑 아라리요……'

마담 …… (깜짝 기겁하여 박석의 입을 손으로 막는다) 선생님, 안 돼 요. 지금 제정신이에요, 선생님? 아이고, 몰라. 몰라!…….

박석 (그녀의 손을 떼며) 아이고, 숨차다. 손바닥 치우고 말해라, 아가!

마담 석이 선생님, 누구한테 시방 콩밥 먹일 일 있어요? 그나 마 다방 영업도 못하고 폐업하게.

박석 (짐짓) 허허. 아니, '제비' 찻집에서 〈강남 제비〉 틀어대는 디 누가 뭐래?

마담 제비 노래 〈그리운 강남〉은 총독부 금지곡이란 말예요. 절대불가, 〈그리운 강남〉 금지곡! 누구보다도, 박석 선생 님이 더 빤히 알고 계시면서…….

박석 왜? '강남 갔던 제비가 돌아오면 이 땅에 또다시 새봄이 온다'는 노랫말 땜시? 허허. 누가 그런 것을 몰라? (말소리 를 죽여 가며) 다방 안에는 시방 손님도, 개미새끼 한 사람 도 없잖여? 마담상(樣) 옥이 너하고, 나같이 고등룸펜 연극연출가밖에.

마담 쉬잇!…… 낮말은 새가 듣고 밤말은 쥐가 들어요. 고등
계 형사들, 경찰서의 살쾡이 두 눈이 시퍼렇게 살아 움
직이고 있는디……. (암전)

(2) '탕 탕 탕' 법정의 판결무 망치소리와 더불어 서대무형무소의
쇠창살 속에 시인 김이섭. 그는 가는 테의 둥근 안경을 끼고, 푸른
색 수의(囚衣)를 입고, 희미한 전등빛 아래 쭈그리고 앉아서 「獄窓
日記」를 쓰고 있다.
바른쪽 가슴에는 죄수번호 "2223"

일인판사 (목소리) "피고인 김이섭은 일찍이 일본 와세다(早稻田)대
학 영문과를 졸업하고 쇼화(昭和) 8년(1933) 4월 이래 그의
모교 中東學校 英語 담당 교사로 8년간 봉직한 자이다.
일찍부터 민족의식을 포회(抱懷)하고 조선독립을 의도하
여 오던 바, 右 敎職을 이용하여 학생들을 사주함으로써
所期의 목적 실현에 資할 것을 기획하고, 이를 선동하였
다. 피고인은 평소에 '고고쿠신민노 세이시[皇國臣民誓
詞]'를 봉송하지 않았으며, '큐죠 요하이[宮城遙拜]'를
실행하지 않았고, 학교 수업시간에도 '니혼고' 즉 일본언
어를 '國語'로써 전용(專用)하지 않는 등의 위법행위를 자
행(恣行)한 '후테이 센징' 불령선인(不逞鮮人)이다……"

김이섭　(일기를 읽는다) '어머님이 면회를 오셨다. 멀리 함경북도 경성(鏡城) 땅 나의 고향에서 옥에 갇힌 아들을 찾아오신 노안(老眼)에 눈물이 가득 고이셨다…… 네모난 널쪽 미닫이 구멍으로, 내다보고 들여다보는 아들과 어미 두 모자(母子)의 얼굴. 한 분신(分身)이면서 서로 갈라져서 1년에 한두 번, 그것조차 다만 몇 분밖에 허락되지 않는 구슬픈 면회! 오늘 내게는 그 시간조차 채울 만한 이야깃거리도 없었다. 가슴이 터지지 않을 만큼 목구멍이 메었다. 눈물을 어머님에게 보여서는 아니 된다. 나의 눈물 한 방울이 어머님께서 운니동(雲泥洞)의 내 집에 걸어가실 때까지, 계속 낙루(落淚)가 될 것이기 때문이다……'

이때 기상나팔(트럼펫) '뚜뚜 뚜–' 크게 울리고, 간수들의 귀를 찢는 듯한 매몰찬 호루라기 소리…….

암전.

(3) 〈극단 현대극장〉 사무실.

◎[영상] 무대 위쪽에 '현대극장'의 공연 포스터가 지나간다.

〈北進隊〉(四幕五場, 1942), 〈黑鯨亭〉(三幕, 1941), 〈黑龍江〉(五幕, 1941),

〈南風〉(四幕, 1941 '흑경정' 改作), 〈대추나무〉(四幕, 1942),

〈어밀레鐘〉(全五幕, 1943) 등.

유동진, 『매일신보』 신문기자와 인터뷰 중.

두 사람 다 전시의 '국민복'(國民服 고쿠민후쿠) 차림이며, 기자는
머리에 '센또보시'(전투모)까지 쓰고, 기자수첩에 간간이 메모한다.
유동진의 말씨는 약간 더듬거리는 듯하고, 경상도 사투리의 억양이
심한 편이다.

유동진   요즘 같은 엄중한 시기에, 우리들 '신체제(新體制)연극인'
은 모든 국민이 황국신민(皇國臣民)의 건전한 오락으로써,
혹은 국민계몽과 교화를 위한 예술로써 제국이념(帝國理
念)을 담아낼 수 있는 국민연극(國民演劇)을 창조하고자 부
단히 노력하고 있습니다. 그런 의미에서 당면한 목표인
국민극 수립, 즉 '고쿠민게키 주리쓰'(國民劇樹立)란 일조
일석, 하루아침에 되는 것 아니고, 한 사람의 천재적 두
뇌를 갖고서도 성사되지 않아요. 오로지 전연극인 한 사
람 한 사람이 뒷전에 빠져서 낙오하지 말고, 전체 신민
과, 극장에 오시는 관객이 함께 지혜를 모으고 힘을 합
쳐야만 합니다.

기자   '고쿠민게키 주리쓰'…… 옳으신 말씀입니다, 선생님. (주
위를 둘러보며) 지금 벽에 붙어있는 현란한 이 공연 포스터
들. 「북진대」「흑경정」「흑룡강」「대추나무」「어밀레종」
등등…… 저것들이 바로 '신체제연극'을 향한 극단 현대
극장의 빛나는 업적 아니겠습니까?

유동진   허허, 빛나는 업적은 무슨? 우리 극단, 현대극장의 창립

취지는 '지도적(指導的) 국민연극'의 수립입니다.

기자 현대극장의 창단공연 첫 작품 저—「흑룡강」은 명실공히 성공작 아니었습니까? 소설가 김사량(金史良, 1914-1950)은 우리 매일신보에다가, '작품의 스케일과 전개에 있어서 능히 셰익스피어 무대를 연상할 정도였다'고 높이 평가 하였고, 박영호(朴英鎬, 1911-1953) 극작가는 '만주와 조선은 하나다!' '선만일여'(鮮滿一如)를 주제로 한 국민연극의 한 전범(典範)'이라고 칭찬을 아끼지 않았습지요. 허허. 그리 고 저쪽에 「북진대」 연극. 메이지(明治) 37년(1904)의 일로 전쟁(日露戰爭) 때, 일본군을 도와서 경의선 군용철도 가 설과 일본군의 군수품 수송, 또 로서아(露西亞) 군부대의 내부 정찰 등등, 일진회(一進會)의 영웅적 활동상을 묘파 한 작품이지요. 그러고 〈흑룡강〉 포스터에, 저저—'대륙 개척사'(大陸開拓史)라는 글귀도 특별히 인상적이군요!

유동진 「흑룡강」은 회심의 역작이라고 할 수 있습니다. 그러니 까 만 2년 동안 걸쳐서 다섯 번이나 퇴고(推敲)를 거듭한, 조심누골(彫心鏤骨)의 야심작인 셈이지요. 대동아공영권 (大東亞共榮圈) 건설과 오족협화(五族協和)의 이념을 구현하 고자 힘을 썼다고나 할까. 허허. 그러고 「북진대」 작품으 로 말하면, 오래 전에 작고하신 일진회장 이용구(海山 李 容九, 1868-1912)님의 대동합방론(大東合邦論). 즉 조선과 일 본이 대등하게 합방해서 아세아의 대제국을 건설한다는 선각자적 사상을 밑바탕에 깔고, 일진회원들의 눈물겨운 활약상을 표현한 연극입니다. 젊은 그들의 활동상이 야말로 황국신민의 시각에서 '나이센 잇타이'(內鮮一體)의 실현과, 대동아 평화성취를 위한 당연한 도리였다고 나는 미루어 짐작하고 있습니다.

기자 그리고 「대추나무」는 '제1회 연극경연대회'에서 영예의 작품상을 수상한 것 아니겠습니까? 작년에 처음으로 개최한 총독부(朝鮮演劇文化協會) 주최의 연극제에서. 우리네의 좁은 조선반도(朝鮮半島)가 아닌 저―광활하고 비옥한 만주 땅 찾아가서, '왕도낙토'(王道樂土)를 건설한다는 연극 주제를 갖고서 말입니다.

유동진 젊은 기자분도 아시겠지만, 작년부터 총독부에서는 '만주개척민'(滿洲開拓民) 제2차 5개년계획을 시행하고 있습니다. 만주제'(滿洲帝國)의 건국이념인 '오족협화의 왕도낙토'를 위해서 말입니다. 오족협화가 무엇입니까? 만주족, 일본족, 한족, 몽고족, 조선족, 5개 민족이 다 함께 모여서, 한 가족처럼 오손도손 살아가는 '낙토만주'를 건설하자는 것이에요. 백년설의 노래, 유행가 〈복지만리〉도 그런 내용과 목표를 담고 있어요. 그와 같은 입장에서 「대추나무」 작품을 내가 구상한 것이지요. 좁은 땅덩어리 시골의 촌구석에서 아웅다웅 다투기만 할 것 아니고, 새로운 꿈과 원대한 포부를 안고서 넓으나 넓은 대지(大地) 만주벌판을 찾아가서 낙토를 건설하자……!

기자 그렇습니다. 시하(時下) 총독부에서 펼치고 있는 만주에의 '분촌운동'(分村運動)이 그런 것 아닙니까? 동진 선생께서 언젠가 『국민문학』에 발표하신 기행수필, 〈창성둔(昌城屯)에서〉가 기억나는군요. 그 기행문을 감명 깊게 읽어봤습니다.

유동진 그것도 그래요. 만주의 개척이민(開拓移民) 시찰여행에서 보고 느낀 점을 집필한 것인데, 평안북도 창성군의 한 마을이 압록강을 건너와 가지고, 새로운 삶의 터전 분촌 마을을 개척하고 있어요. 그것은 왠고하니, 그 창성군이 수풍수력발전소 건설 때문에 마을 전체가 수몰(水沒)하게 됐습니다. 그들은 그러자 만주 땅에 입식(入植)하여 생활 터전을 마련케 된 것 아닙니까? 갖은 간난신고와 역경을 딛고서, 땀 흘리고 노력하여 비로소 새세상, 새천지를 말입니다.

기자 참, 제2차 '대동아문학자대회'(大東亞文學者大會)에도 참가하셨더군요.

유동진 예. '조선문인보국회'(朝鮮文人報國會) 임원의 한 사람으로, 유진오(玄民 兪鎭午, 1906~1987)씨와 최재서(石耕牛 崔載瑞, 1907~1964, 石田耕造), 김용제(知村 金龍濟, 1909~1994, 金村龍濟)와 나 등 5인이 도쿄에서 개최된 회의에 참석했다가, 나고야(名古屋)와 교토(京都) 등지를 여행하고 돌아왔습니다.

기자 수고가 많으셨습니다. 유 선생님, 「싸우는 조선연극의 방향」에 관해서 한 말씀만 더?

유동진 허허, 조선연극의 이념과 방향성 말입니까? 지난 6월호

(1943)『국민문학』에다 「싸우는 국민의 자세」를 집필한
바 있었고,『신시대』(新時代) 잡지에 「연극의 나아갈 길」
(1942),『매일신보』신문지상에는 「신체제하의 국민연극」
(1941) 등 본인의 신체제연극인적 소신을 수차례 발표했
습니다만……

유동진, 자리에서 일어나 손에 들고 있던 센또보시를 단정히 눌러
쓰고 무대 앞으로 걸어나온다.

유동진　　(강연하여) "현 시국 하에 문학자 소설가 시인이나 연극인
　　　　들은 '싸우는 조선국민'의 모습을 여실히 그려내야만 합
　　　　니다. 대일본제국의 총후신민(銃後臣民)으로서, 군수공장
　　　　에서 일하는 산업전사로부터 시골 농촌의 한 평 논밭에
　　　　서 일하는 농부와 아녀자 부인에 이르기까지, 우리 문
　　　　학 예술가는 그녀들의 국민생활과 감정을 생생하게 터
　　　　득하고 충실하게 묘사할 수 있어야만 합니다. 상인은 무
　　　　엇 때문에 장사를 하는가? 농민은 왜 일하는가? 교사 선
　　　　생님은 무슨 필요로 교편(敎鞭)을 잡고 있는가? 어머니
　　　　는 무엇 때문에 자녀를 기르는가? 인간의 생명은 어째
　　　　서 귀중한가? 등등, 일상생활의 근본을 깊이 있게 관찰
　　　　음미하고, 그 국민적 종극(終極)의 목적을 추구하지 않으
　　　　면 안 됩니다. 그리하여 그것들을 예술가와 문학자는 작
　　　　품화해야 합니다. 이와 같은 모든 노력과 우리의 헌신은

아세아의 10억 민족을 저—바다 건너서 '미영귀축'(米英鬼畜) 서양(西洋)의 속박으로부터 해방시키고, 대동아공영권을 건설하여 '핫코 이치우' 팔굉일우(八紘一宇)의 대이상(大理想)을 실현하는 것입니다. 이와 같이 천황폐하께서 펼치고 있는 팔굉일우의 대이상은 아세아 제민족(諸民族)이 '하나의 가족'으로서 행복과 평화를 누리는 것을 의미하며, 예술가 문학자들은 이를 위해 몸 바쳐서 싸울, 굳건한 결의와 막중한 책무와 원대한 목표를 일분일초(一分一秒), 한시라도 망각하지 말아야 할 것입니다……."

동시에 무대 안쪽에 '짝짝 짝~' 박수와 실소(失笑)를 보내고 있는 두 사람의 모습.
김이섭은 형무소의 채석장에서, 박석은 찻집의 의자에 앉아서.
암전.

(4) 서대문형무소의 채석장(採石場).
김이섭 등 죄수 10여 명이 곡괭이와 쇠망치와 삽, 가마니 들것(擔架)을 각자 들고, 땀을 뻘뻘 흘리며 돌을 캐고, 또 나르고 있다.
한쪽에는 긴 칼을 차고 지키는 미무네(三宗) 간수장…….
이윽고, 열두 시 정오(正午)를 알리는 오포(午砲, 사이렌) 소리가 길게 들려온다.
간수장이 기다렸다는 듯 호루라기를 힘차게 불어대고, 죄수들은 손의 도구를 그 자리에 내려놓은 채 동쪽하늘을 향해 부동자세를 취한다.

미무네 (구령으로) 일동 차렷!…… 동쪽(東方) 하늘, 천황폐하님 계시는 궁성(宮城)을 향하여 머리 숙여 숙배(肅拜)한다. 전원(全員), 큐조 요하이![宮城遙拜]…….

◎[영 상] - 일본 도쿄의 황성(皇城) 모습.

모두 ……. (허리 숙여 절한다. 길게)
미무네 바로!…… 고고쿠신민노 세이시[皇國臣民誓詞]

◎[영 상] - 〈황국신민서사의 액자〉(傳單) 사진

모두 (더듬더듬 제창한다)
'황국신민의 서사
1. 우리는 황국신민입니다. 충성으로써 군국(君國)에 보답합니다.
2. 우리 황국신민은 신애협력(信愛協力)하여 단결을 굳게 합니다.
3. 우리 황국신민은 인고단련(忍苦鍛鍊)하여,
힘을 길러서 황도(皇道)를 선양합니다.' (암전)

(5) 찻집 '제비', 밤.

축음기에서 유행가 흘러나온다.

〈번지없는 주막〉 (작사 추미림/ 작곡 이재호/ 노래 백년설)

문패도 번지수도 없는 주막에

궂은비 내리는 이 밤도 애절쿠려

능수버들 태질하는 창살에 기대여

어느 날짜 오시겠소 울던 사람아~~~

박석과 홍사용(露雀 洪思容, 1900-1947)이 앉아서 대작(對酌)하고 있다. 일본술 사케[正宗]와 도쿠리[술병]를 놓고, 구운 오징어를 빠다(버터) 접시에 찍어가며 안주를 삼는다.

홍사용은 한복 차림에 중절모를 쓴 신사로서, 둥근 손잡이의 멋진 화류단장(樺榴短杖) 지팡이까지 들었다. 카랑카랑한 쇠목소리에 눈빛이 빛난다.

박석　(술잔을 들며) 자―노작 선배님, 또 한 고뿌[杯] 드시죠?

홍사용　그래요, 박석 아우님. 허허.

두 사람, 홀짝- 마신다. 박석이 각자의 잔에 술을 부어주고 다시 들이킨다. 또 한 차례 더……

홍사용　가만 가만, 서두를 것 없다니! 누가 쳐들어오지도 않는

디, 성급하게 술 마셔서 대순가? 그리고, 술집 아닌 다방에서 요로코롬 술타령해도 돼?

박석   시방은 영업시간 다 됐고, 초저녁 밤 아닌가요? 허허. 그리고 대시인(大詩人) 홍노작 어른이야말로 세상이 알아주는 호주가(豪酒家) 아닙니까? 술 한 잔 일배주(一杯酒) 하면 미소를 지으시고, 3배주 석 잔이면 파안대소(破顔大笑) 호탕하게 웃고, 술 다섯 잔 5배 주면 현하지변(縣河之辯)이라! 앞강 물 뒷강 물이 흘러가듯, 거침없이 기담궤변(奇談詭辯)이 무궁무진하고 말씀입니다.

홍사용   허허. 구운 오징어를 요렇게, 빠다에다가 살짝 찍어묵는 것도 별미로구나! (그렇게 씹는다)

박석   요것도 죄다, 저기―마담상 옥이가 창안해낸 술안주 아니겠습니까? 가난한 연극쟁이, 나 같은 딴따라 건달 고등룸펜을 위해서요.

홍사용   그나저나, 서대문 감옥소에 가서 이섭 시인은 만나보았소?

박석   중동학교 영어 선생 김이섭 군 말입니까? 형무소 면회는 이헌구가 자주자주 간답니다. 아시다시피, 이헌구 소천(1905-1983)군과 이섭이는 동경 와세다(早稻田)대학의 동문(同門)으로 서로 간에 동창생들이지요.

홍사용   참, 그렇구만. 김이섭은 영문과(英文科), 이헌구는 불문학과(佛文學科). 그리고 두 인물이 다 저쪽에, 북녘 땅 함경도 출생이고 말야.

박석   그러니 죽마고우(竹馬故友) 아닌가요? 홍안(紅顔) 청춘시절부터서, 허허. 뿐만이 아니고, 을사생(乙巳生) 갑장(甲長)으로 동갑내기들이지요.

홍사용 을사생이라! 그래요. 을사년이라면, 옳지. 을사오조약(乙巳五條約)이 늑약(勒約)되었던 바로 그해 그 시절이로구먼. 그 당시 『황성신문』(皇城新聞)에서는 〈시일야 방성대곡〉(是日夜放聲大哭), '오늘밤에 눈물 흘리고 통곡하노라!' 하면서 크게 크게 소리치고 말씀이야. 일본의 그 이토 히로부미(伊藤博文)란 자가 고종 황제를 협박, 우리나라를 보호국(保護國)으로 만들고 식민지화하였겠디! 그러고 나서 본인은 저 ― 하루빈(하얼빈) 역참(驛站)에서, 안중근(安重根) 열사에게 피스토루(pistol) 권총으로 탕탕 탕!…… 탄환(彈丸) 세 발을 맞고 그 즉석에서 비명횡사(非命橫死)라!…….

박석 홍노작 선생, 말씀을 삼가십시오. 쉬잇…….

홍사용 시방 내가 거짓부리, 헛소리를 했남? 어흠!……. (술을 홀짝 마신다)

박석 …… (또 그의 잔에 술을 따라주고, 자기는 흰 상아 물뿌리(pipe)에 권련(담배)을 꽂아서 성냥불을 그어댄다. 그리고 프런트의 옥이에게, 도쿠리 병을 들어 보이며 술이 비었다는 신호를 보낸다) 홍노작 성님, 새삼스레 가만 생각해 보니까 저희들은 서로가 갑쟁이(同甲)이군요. 나 박석이도 을사생, 저기 저 사람 ― 국민연극 하는 유동진과 서대문 감옥소의 김이섭 군, 그러고 이헌구 불문학도! 모조리 을사생들입니다그려. 각자가 저마다 예술가입네, 문학자입네, 평론가입네 하면서 금란지교(金蘭之交)를 자랑하고, 막역한 절친(切親)들이지요. 김이섭은 시인, 유동진이는 희곡작가, 이헌구는 문학평론가, 나는 딴따라 연극연출가…….

홍사용 하하하! (홍소한다) 그러고 보니까 동진이와 이섭과 소천 이헌구는 일본에서 공부한 해외문학파(海外文學派)로서, 똑같이 극예술연구회(劇藝術研究會) 출신의 멤바(버)들이로구만. 박석이, 귀하는 춘강 박승희(春崗 朴勝喜, 1901-1964)와 더불어서 최초의 신극단체 토월회(土月會)를 이끌어왔었고…….

박석 그야 홍노작 선배님 역시 토월회의 열렬한 동인 아니든가요? 희곡작품으로 「향토심」과 「벙어리굿」을 창작도 하시고 말입니다. 그러다가는 「벙어리굿」이란 작품은 인쇄 중에, 경찰에 잘못 걸려들어서 압수까지 당하구요.

홍사용 허허. 그 작품 「벙어리굿」 땜시, 하마터면 유치장에 끌려가서 콩밥 신세 질 뻔했었지!

박석 시방, 지금 생각해 봐도 작품 소재가 불온했었지요. 허허. '어느 날 어느 시대에 종로 보신각(普信閣)의 종이 울리면 나라가 독립한다'더라! 그런 뜬소문만 믿고 경향(京鄕) 각처에서 사람들이 옹기종기 종각 주위에 몰려들었것다. 그래 가지고는 독립이란 말은 차마 입 밖에 올리지도 못하고, 나름대로 제각각 벙어리 시늉만 하는 게야. '디디 디디! 뒈뒈 뒈!……' 그리하여 서로서로 눈치껏 벙어리 바보 흉내만 내면서 보신각 종이 울릴 때까지 기다리고, 또또 마냥 기다린다구요? 아니 아니, 그런 코메디 같은 스토리가 순수하다고 할 수 있겠습니까! 불문가지 물어볼 것도 없어요. 드라마 내용이 불순 이색적(不純異色的)적이고, 사상성이 불온한 작품이고 말구요. 비록 아이디어는 참신하고, 기상천외로 탁월한 소재이기는 합니다만……

홍사용 그래애. 그것은 그렇다손 치고, 허허. 요즘같이 험악한 시절(時節)을 잘못 만나서, 그대 세 친구들이 걸어가는 인생항로(人生航路)는 판이하게 달라졌어요! 한 사람은 '신체제 국민극'에 몰두하는 어용 친일연극인, 또 한 사람은 감옥소 빵간에서 철창 징역살이, 그러고 한 친구는 다방에 죽치고 앉아서 요렇게 고등룸펜 신세!……

박석 시절이 하수상(何殊常)하니, '홀로 서서 갈 곳 몰라 하노라' 아니겠습니까?

홍사용 그렇구나! 고려왕조 말년, 목은 이색(牧隱 李穡) 어른이 지은 시조 한 수가 떠오르는구면. '백설이 잦아진 골에 구름이 머흐레라/ 반가운 매화는 어느 곳에 피었는고/……'

두사람 (함께 술잔 들고) '석양에 홀로서서 갈 곳 몰라 하노라'…… (암전)

◎무대 안쪽에 각각 두 장면. 하나는 尋牛莊(심우장) 편액이 걸려있

는 집 마루에서 만해 한용운(卍海 韓龍雲, 1879-1944) 선사가 목탁을 두드리며 염불 중.

또 하나는 위당 정인보(爲堂 鄭寅普, 1893-1950) 선생의 모습. 그는 검정 두루마기 차림으로, 두 자루의 촛불이 불타고 있는 네모 밥상머리에 꿇어앉아 '아이고, 아이고, 아이고!……' 호곡(號哭)하면서 두 주먹으로 땅바닥을 치며 울음 운다.

(6) 다시 찻집 '제비'

마담 옥이가 홍사용 곁에 앉아있으며, 이헌구가 합석하였다.

그녀는 다소곳이 술을 따르고 있다.

마담 아니 저럴 수가! 육당(六堂 崔南善, 1890-1957) 선생 집 대문간에 찾아가서, 촛불을 붙여놓고 곡을 한단 말예요? '아이고 아이고', 산 사람이 죽었다고…….

홍사용 양심과 절개를 버리고 훼절(毀節)하였으니, 산 사람이 죽은 것이나 매 한가지고말고.

박석 옥아, 그건 무슨 뜻인고 하니 들어봐요. 저 ― 만주국이란 나라는 현재 일본이 세워준 허수아비 정부 아니더냐? 그런디 그 만주국의 건국대학교(建國大學校) 교수가 돼서 경성, 서울을 떠난다고 하니까, '육당 당신은 인제는 죽었소!' 하고 제사 지내준 것이란 말이다. 일본제국주의에 아부한 변절자! 안 그래?

마담 그렇지만 너무 했어요. 서로서로 친구 사이이고, 똑같은 역사학자라면서.

홍사용 그래애. 마담상 자네 말씀도 맞다. 저 — 한용운 선사로 말씀하면, 성북동 골짜기에다 당신의 모옥(茅屋)을 지으실 적에 저렇게 '북향(北向)집'을 세운 게야. 조선총독부의 청사 건물이 꼴도 보기 싫다고 해서 말야. 남향집이 아닌 북쪽으로 돌아앉아서 등을 돌리고. 아니 그런가? 허허…….

박석 백릉 채만식(白綾 蔡萬植, 1902~1950)이도 맛이 갔어요.

홍사용 왜? 그 장편소설 「탁류」(濁流)를 쓴 소설가?

이헌구 그자가 쓴 글을 보니까, "조선 사람은 '닛뽄징'(일본인)이다. 하루 속히 닛뽄징이 되어야만 우리의 살길이다……" 하고 망령을 떨었던데요?

홍사용 쯔쯔 쯧! 혼이 제 정신들이 아니구먼. 말세야, 말세…… (이헌구에게) 그건 그렇고, 소천은 늦었으니까 후래자 삼배(後來者三杯)일쎄! 술이 석 잔이야, 엉?

이헌구 예에. 알겠습니다, 홍노작 어른. 허허.

마담 세 분, 어서 사케 드셔요.

세사람 ……. (술을 마신다. 옥이가 또 술을 부어주고, 일어나 나간다)

이헌구 김이섭이는 형무소에서 보수(補守)로 승진을 했다는군요.

홍사용 보수라니, 무슨 뜻?

이헌구 그 왜, 형무소에서 근무하는 간수(看守)들 있잖습니까? 그자들의 일손을 보좌해 주는 역할이 보수 직책이랍니다.

약간은 편하게 지낼 수도 있다는군요.

박석　허허. 고것이 고것이겠지, 머. 오십 보 백 보…….

이헌구　아니야. 쥐꼬리만 한 특전이랄까, 그런 것이 있대요. 허허. 가령 1주일에 목욕을 두 번 할 수가 있고, 영치(領置)된 잉크와 펜, 책과 공책 같은 것을 제공받아서 글을 쓸 수도 있고 말이다. '옥중일기'를 그래서 집필하기 시작한 모양이야.

홍사용　허허, 좋아요! 영국의 오스카 와일드(Oscar Wilde)가 쓴 『옥중기』 책은 명문장이고 말고. 자— 한잔 또 듭시다. (그들, 술잔을 훌쩍 비운다)

이헌구　그동안 어르신은 어디를 주유천하(周遊天下)하고, 서울엔 언제 돌아오셨습니까?

홍사용　나야 조선 팔도(八道) 발길 닿는 대로지. '문패도 번지수도 없는 주막' 아닌가? 허허. 시골 부자(富者) 집에 찾아가서는 그 집안의 족보(族譜)를 따져주고, 동네 마을 사랑방에선 우리나라의 고사(古事) 옛날 이야기와 역사책도 읽어주고 말야. 또 어느 때는 심산유곡 절간 찾아가서, 주지승(住持僧)을 불러다놓고 부처님 설법(說法)을 강(講)하기도 하고…….

박석　예? 주지승 스님을 앞에다 놓고, 거꾸로 당신님이 불법을 강설한다구요?

홍사용　허허, 모르는 소리! 요새 젊은 땡중은 나만큼도 부처님 말씀을 몰라요. 공부들이 일천하고, 건성건성 부족해서…… (손수 세 잔에 술을 따르며) 누구한테 얘기 듣자니까, 소천 그대는 '현대극장'에서 일을 보고 있다며?

이헌구 유동진이가 도와달라고 해서, 극단 안에서 선양부 일을 책임 맡고 있습지요. 말하자면 공연홍보와 선전활동을…….

박석 소천은 벌써 한참 오래됐지요. 그뿐입니까? 요즘은 '조선문인보국회'의 평의원(評議員)도 임명받았답니다! 유동진의 추천으로.

이헌구 석아, 그따위 이야기는 잠시 잠깐 덮어두기로 하자, 엉?

홍사용 자자―술 한 잔 또 들어요! (그들 마신다. 새삼 비감하여) 나처럼 일찍일찍 죽어도 좋을 인간은 눈 뜨고 살아있고, 꼭―살아있어야 할 인간은 저 세상으로 하직(下直)해서 앞서거니 떠나가고 말씀이야. 인생무상이라니! 쯧쯧.

박석 빙허 현진건(憑虛 玄鎭健, 1900-1943)과 이상화(想華 李相和, 1901-1943)시인 말씀입니까? 절통하고 한스러운 일이지요! 올봄 지난 4월 25일, 그것도 같은 날짜에 현진건은 서울에서, 이상화는 대구 본가에서 소천(召天)하다니요. 겨우겨우, 인제사 불혹(不惑)의 나이 40대 장년인데.

홍사용 (허탈하여) 허허…… 저 세상으로 나 홀로 떠나가기 섭섭해서, 두 인간이 어깨동무 하고파서 그랬을까? 똑같은 날짜에 똑같이 죽어가다니! 아까운 인재들이에요. 두 사람 모두가 투철한 역사의식과 불퇴전의 신념을 갖춘 우리 세대의 지사(志士)이자 사상가(思想家), 독립운동가이기도 해. 하나는 서대문감옥소, 또 하나는 대구감옥소에서 한때 옥고(獄苦)를 치르기도 했었고……

박석 두 고인(故人) 모두, 문학지『백조』(白鳥)의 동인(同人)들 아 니십니까?

홍사용 현진건은 나와는 갑장(甲長)이고, 이상화는 나보다 한 살 아래, 월탄 박종화(月灘 朴鍾和, 1901-1981)군과 동갑내기입 니다. 현진건의 단편소설「운수 좋은 날」이야말로 췌언 (贅言)이 필요치 않는 명작(名作)일시 분명하고. 그러고 또 한 이상화의 〈빼앗긴 들에도 봄은 오는가〉 역시 먼 장래 까지 불멸 불후의 명시(名詩)이고말고!

◎[영상 글씨]

〈지금은 남의 땅 - 빼앗긴 들에도 봄은 오는가?〉

나는 온몸에 햇살을 받고
푸른 하늘 푸른 들이 맞붙은 곳으로
가르마 같은 논길을 따라 꿈속을 가듯 걸어만 간다.

입술을 다문 하늘아, 들아
내 맘에는 나 혼자 온 것 같지를 않구나!
네가 끌었느냐, 누가 부르더냐, 답답워라. 말을 해다오.

바람은 내 귀에 속삭이며
한 자국도 섰지 마라, 옷자락을 흔들고,

종다리는 울타리 너머 아씨같이 구름 뒤에서 반갑다 웃네

…… 그러나 지금은 ─ 들을 빼앗겨 봄조차 빼앗기겠네. (시의 일부)

암전.

2막

(1) 서대문형무소의 쇠창살, 김이섭 독방. 밤.

(꿈 장면) 유동진이 배우 분장을 하고 「흑룡강」의 주인공 성천(星天)을 연기한다.

유동진 (성천 역) '대인(大人), 목전의 일만 생각지 마시구 널리 천하를 살펴보세요. 우린 한시 바삐 일어나서 동방(東邦) 사람의 힘으로 이 동방을 지켜야 합니다. 그러하질 못하면 만주구 대국이구 일본이구 구할 수 없습니다. 한꺼번에 다 망하구 맙니다. 우리는 북쪽으로 저 우랄산맥에 만리장성을 쌓구, 남쪽으로 쟈바섬(島)에다가 봉화 뚝을 세워야 합니다. 그래서 안으로 각 민족이 화목허구, 밖으로 도적을 막아야 해요. 그래야만 비로소 이 만주 땅두 맘 놓고 사람 사는 나라가 될 거예요…… 이 만주 넓은 들녘이 문전옥토가 되구, 거기서 나는 곡식을 실어갈 수 있는 기차두 기적소릴 힘차게 울리면서, 푹팍 푹팍! 하고 내달릴 것입니다……' (기적과 열차바퀴 소리)

김이섭 …… (두 손으로 목도(木刀)를 바싹 꼬나들고 그림자처럼 다가간다. 목소리) 요런 나쁜 인간 유동진아! 「흑룡강」도 성이 안 차서, 일진회를 찬양하는 「북진대」 연극을 또 집필했단 말이냐? 이용구과 송병준(濟庵 宋秉畯, 1858-1925, 野田平次郎 노

다 헤이지로)의 '일진회'는 역사의 반역이고 대죄인(大罪人)
이다. 친일단체(親日團體)의 추악한 괴수(魁首)들! 역적 이
용구야말로 '한일합방청원서'(韓日合邦請願書)를 일본정부
와 고종황제 어전(御前)에 상소한 매국노(賣國奴)란 말이
다. 에잇!…….

김이섭이 목도를 번쩍 치켜든다. 박석이 나타나서 그의 팔을 붙들
고 막아선다.
잠시 동안 세 친구의 얽히고설킨 몸싸움 실랑이…….
땅땅! 쇠창살에 가벼운 노크소리.
암전.

김이섭이 감방으로 돌아와서 꼿꼿이 앉는다. 그러자 장기수 현산이
좌우를 살피며, 작은 나팔꽃 화분을 손에 받쳐 들고 와서 창가에
놓는다. 그는 머리털이 하얗게 세었다. 한쪽에 놓여 있던 김이섭의
일기장을 들고 읽기 시작한다.

현산　……"며칠 전 '죄수 3274'번이 죽었다고 한다. 그는 사
상범(思想犯)이었다. 창씨(創氏)는 '니시하라'(西原)인데 본
명은 동희(東熙). 그것밖에 모른다. 30대 갓 넘은 한창 젊
은 나이인데, 몹쓸 고문을 당해서 허약해졌다. 사람이 죽
었다 해도 찾아가서 조상(弔喪)할 수도 없고, 벌써 시체
실에 갔을 것이요 집이 어딘지도 모른다. 오늘은 또 '히

라야마 2966번'(平山, 황병윤)이 죽어서, 내가 보수로서 그를 땅에 묻었다. 간밤에 내린 비 때문에 땅이 절벅거려서 조심스럽게 묻어줬다. 내가 일하는 제15공장에도 사상범이 셋이나 있는데, 그들 3인은 만주 출신들이다. 모두 무기형(無期刑)에서 유기(有期)로 바뀌었으나, 상기도 7, 8년씩 남았다. 독립운동이란 말을 풍편으로만 들었는데, 중학교도 못 졸업한 앳된 청년들이 만주의 거친 벌판에서 제 몸이나 가족을 돌보지 않고 폭탄을 안고 총을 들고 일본군에 뛰어든 것이 바로 이 청년들이었구나 하며, 담박 눈시울이 뜨거워졌다. 그들은 무엇을 바라고 믿고, 자기의 청춘과 정열과 가족을 몽땅 버리고, 민족해방과 조국독립을 위해서 총칼을 들었단 말인가! 나 같은 단기형(短期刑) 3년짜리는 입에 말하기조차 송구스럽다. 내가 만난 사상범 중에서 가장 강직하고 투쟁적인 죄수는 '구로야마' 현산(玄山)이라는 노인이다. 나는 그를 존장(尊長)으로서 깍듯이 대하고, 그 역시 나를 시인 문사(詩人文士)로서 다정하게 '김 선생' 하고 불러준다. 현산 어르신도 무기징역에서 유기로 감해졌는데, 지금 벌써 10년 넘게 복역 중이다. 현산 노인장은 정의를 위하여, 인도(人道)를 위하여, 사상을 위하여, 민족을 위하여 엄연히 살고 있다. 아직도 현산 어른은 투쟁하는 불덩어리이다. 가족도 만주 어딘가에 있고, 누구도 알아주는 인간 하나 없는데 말이다. 구로야마 노인장과 나는 같은 보수(補手)로서 자주 만나고, 함께 일하고, 이야기도 서로 나눈다……."

김이섭 ……. (꼼짝 않는다)

현산은 여기까지 읽다가, 그 노트를 푸욱— 찢어서 입안에 넣고 우물우물 씹는다.

현산 구로야마 현산이라니! 시방 내 이바구를 쓰고 있었수까? 김 선생, 요런 따위 글귀가 감옥소 밖으로 통과할 수 있을 것 같지비? 어림없습메.

김이섭 ……. (사이)

현산 허허. 자—봐요? 내 감빵에서 기르고 있던 나팔꽃이오. 나팔꽃 넝쿨이 노끈을 타고 멋있게 올라가고 있지비. 내레 김 선생한테 선물이오. 김 시인님, 무시기 나쁜 꿈, 악몽(惡夢)이라도 꿨수까?

김이섭 (머리를 흔들며) 아무 것도 아닙니다! 허허. 보라색 나팔꽃이 이쁘고, 곱습니다요, 참말로. 현산 어르신, 감사합니다.

현산 나라를 위해서 독립운동 하다가 서대문감옥에 잡혀와서, 억울하게 옥사(獄死)한 독립투사들이 많지요. 하마 5, 6년 전 일입네다만, 일송 김동삼 장군(一松 金東三, 1878– 1937)도 이곳에서 돌아가셨습네다. '일송'이란 아호는 독야청청(獨也靑靑), 푸른 소나무의 높은 기상을 뜻하는 것 아닙네까? '만주벌의 호랑이'로 별명이 붙은 군사 전략가였지비. 그때 일이 기억납니다. 그 어르신의 유해를 수

습할 가족이 한 사람도 나타나지 않았지비. 유가족이 한 사람도, 누가 있어야 말이디? 그러자 만해 선사 한용운 님이 그 소식을 듣고 찾아와서, 죽은 시체를 받아개지구 장사를 지내줬습네다. 만해 스님이 자진해서, 리야카에 손수 실어다가 어느 공동묘지에⋯⋯.

김이섭   만해 큰스님으로 말하면 기미독립선언(己未獨立宣言)의 한 분이고, 독립운동가이자 승려 시인이기도 합니다.

현산   나도 들어서 알고 있지비. 그 유명한 시 제목이 〈님의 침묵〉 아닙네까? 허허. 일송 김동삼 장군은 그때가 환갑 나이였는데, 돌아가시면서 말씀한 유언(遺言)이 비통하고 절절해요. "나라 없는 몸 무덤은 있어서 무엇 하느냐! 내가 죽거든 시신을 불살라서 한강 물에 띄워라. 푸른 바다를 떠돌면서, 왜적이 망하고 조국이 광복되는 그날을 지켜보리라!" 하고⋯⋯.

김이섭   만해 선생님 얘기를 하니까 일화(逸話) 하나가 생각납니다. 저―종로에 있는 탑골(塔洞)공원에서 일이죠. 어느 날 육당 최남선 선생과 딱―마주쳤답니다. 육당이 반가워서 만해에게 인사하기를, "만해 선생, 안녕하십니까? 저 육당입니다." 그러니까 만해 스님이 대답하기를, "당신님이 누구요? 최남선 육당은 이미 벌써 죽었는데! 내가 그자를 제사(祭祀)지내 줬어요." 하고는 뒤도 안돌아보고 걸어가시더랍니다.

현산   하하하. 최남선 놈의 변절 행동을 꼬집은 것이로구만!

김이섭, 나팔꽃 화분을 두 손으로 높이 받쳐 들고 쇠창살에 비춰 본다.

이때 먼동이 터오고, 기상나팔의 트럼펫 소리⋯⋯.

암전.

(2) 〈극단 현대극장〉 사무실.

유동진이 벽걸이 전화의 송수화기를 들고 큰소리로 통화하고 있다. 함세덕(1915–1950, 大山世德)은 '국민복' 차림, 테이블에 원고 뭉치를 놓고 앉아있다. 젊은 그는 머리 좋은 재사(才士) 기질에 경망하고 신경질적이다.

유동진   뭣이라고? 시외전화가 돼서, 거리가 멀어서 잘 안 들립니다. 그곳이 지금 어디? 함경도 청진(淸津)?

목소리   아닙니다. 길주(吉州)예요. 청진은 닷새 뒤, 5일 후에 공연입니다. 그러고 나서 회령(會寧), 성진(城津), 북청(北靑), 신창(新昌), 홍원(洪原), 함흥(咸興), 원산(元山) 등지로, 북쪽에서부터 밑으로 내려갑니다.

유동진   연극은 어느 것이 인기입니까?

목소리   아무렴, 유 선생님이 집필하신 「춘향전」이지요.

유동진   내 작품 '춘향전'? 허허.

목소리   그러고는 함세덕 작 「어밀레종」이 그중 인기가 좋고, 「남풍」(南風)은 제일 꼴찌예요. 허허⋯⋯.

유동진 알았습니다. 배우들 건강 조심하고, 조석으로 내가 늘 염려하고 있노라고 전해줘요. 그러고 가는 곳 도착지마다 꼭, 수시로 서울에 전화하고 말야!……. (전화 끊고, 자리에 돌아온다)

함세덕 히히, 북선순업(北鮮巡業)이 성공적인 모양이죠?

유동진 요참에 함경남북도 지역, 북선의 순회공연은 괜찮은 모양이야. 그러고 함 규(咸君)이 집필한 그「어밀레종」 공연이 그중 재미가 있고 좋대나봐.

함세덕 제 작품 말씀입니까? 요요, 새 작품 쓰는 일만 아니었으면 나도 따라붙는 것인디. 히히.

유동진 자네에게, 함 군한테는 기회가 많겠지, 머. 그러지 말고 다음번 전라도의 광주(光州), 전주(全州), 남원(南原) 지방에, 남선순업(南鮮巡業) 때는 합류해요. 남원이야말로「춘향전」의 발상지, 본고장 아닙니까? 남원의 고적 광한루(廣寒樓)와 오작교(烏鵲橋)도 볼만하고, 그러고 지리산(智異山)을 찾아가서는 그 유명한 화엄사(華嚴寺) 큰절도 구경하고 말야. (원고를 들어보며) 요것이 신작품인가? 함 군, 수고했네!

함세덕 그런디 요번 작품에 연출자는 누굽니까? 주영섭(朱永涉, 1912-?, 松村永涉 마쓰무라 나가루) 형님인가요?

유동진 아니야. 주영섭 군 말고, 내가 직접 연출할 생각이네.

함세덕 히히. 유 선생님 연출이라면 저야 영광이고 좋습지요!

유동진 (원고를 들고 보며) 작품 제목이「황해」(黃海)라! 인천(仁川) 앞에 있는 '서해바다' 말씀인가?

함세덕 예에. '4막'짜리 구성입니다요. 가만히 생각해 보니까, 전에 발표했던 「무의도기행」(無衣島紀行) 2막짜리 있었지 않습니까? 그것을 4막으로 개작하고, 테마(主題)도 완전히 바꿨습니다. 현 시국에 맞춰서 '해군지원병'(海軍支援兵) 제도의 권장과 미영격멸(米英擊滅)을 독려하는 주제로 말씀이죠. 그러니까 해양보국(海洋報國)의 푸른 꿈을 그려낸 작품입니다. 대동아공영권을 건설하고, 남양(南洋)에의 진출(進出)과 포부를 묘사하고 있어요. 뜨거운 태양열(太陽熱)과 창해(滄海)의 짙푸른 바다, 그리고 종려수(棕櫚樹)의 빼(排)나나와 키가 큰 야자수 열매가 무성하며, 원숭이들이 천방지축 뛰놀고 십자성(十字星)이 아름답게 빛나는 섬나라! 남지나해(南支那海), 남방세계의 원대한 꿈과 동경(憧憬)이랄까, 그런 것들을 말입니다. 헤헤…….

유동진 함 군은 재사니까, 내가 믿고말고.

함세덕 히히, 황공스런 말씀을.

유동진 그러고 보니까 함 군은 금년엔 장막극을 세 편이나 탈고한 셈이구만. 올봄에 「어밀레종」, 여름철에는 「남풍」, 그러고 또 요번 가을엔 「황해」 작품 등등. 대단한 실력파야! 창작열이 정열적이고 뜨거워요. 허허…….

함세덕 송구스럽습니다, 선생님! (손을 비빈다)

유동진 좋아요. 우리 현대극장은 이 작품 「황해」를 갖고, 제2차 경연대회에 참가하기로 합시다. 올해는 공연지침이 가

일층 강화됐어요. 현 시국하 농어촌의 '생산증강' 및 '징병제'와 '육해군지원병' 제도를 독려함은 물론 대동아전쟁의 고무찬양과, '야마토 다마시이'(大和魂) 일본정신을 강조하는 예술적 작품이라고 말요. 그리고 금년에 새로이 생긴 규정인데, 참가극단마다 1막짜리 '고쿠고극'을 첨부하도록 하고 있어요.

함세덕 예? 고쿠고극[國語劇]이라면 일본말 연극을 말입니까?

유동진 그래요. 조선민족의 황국신민화(皇國臣民化)를 위해선 일본말이 필수 국어로써 일상화(日常化)돼야 하고, 창씨개명(創氏改名)도 중단 없이 추진하는 것입니다. 우리네 조선 사람의 말은 그냥 산골 촌놈의 무지랭이 조선어일 뿐이고…….

함세덕 그렇다면 작품이 두 편으로 늘어난 셈이군요. 조선어연극과 일본어연극 하나씩. 일본말을 알아들을 수 있는 관객 수준이 몇이나 될까요? 현재 우리 한글을 해독할 수 있는 인구도 온 국민의 7할이 문맹자(文盲者) 수준이라고 하는데…….

유동진 장래에 있어서, 총독부의 황국신민화 정책 및 그 방향과 목표는 확고하고 철저합니다! 아니 그런가? 허허…….
(사이)

함세덕 (머리를 끄덕이며) 선생님, 궐련초(담배) 한 대 태우겠습니다. 히히.

유동진 ……. (원고를 들여다본다)

함세덕 ……. (담배를 피워 물고, 연기를 조심스럽게 아래로 내뿜는다. 사이) 선생님 참, 소식 듣자니까, 동양극장(東洋劇場)의 서대문 〈청춘좌〉(靑春座)에서는 박석 선생님이 연출을 맡기로 하셨다는군요.

유동진 연출가 박석이가? 누가 그래?

함세덕 공연 작품은 임선규 선배님이 집필하고…….

유동진 그 「사랑에 속고 돈에 울고」의 신파작가(新派作家)?

함세덕 임선규 선배님이야말로 서울 장안의 스타작가 아닙니까? 가정비극(家庭悲劇), 신파연극의 왕자! 저ㅡ명월관(明月館) 기생(妓生)들이 치마꼬리 부여잡고, '오금아 날 살려라!' 히히, 호호ㅡ야단법석이구요……. (암전)

(3) (동시에) 찻집 '제비'

박석과 임선규(1910-1968, 林中郎)가 마주앉아 있으며, 박석이 연극대본을 뒤적이고 있다. 임선규는 깡마르고 연약한 몸집.

레코드에선 〈홍도야 우지마라〉 노래가 흘러나온다.

사랑을 팔고사는 꽃바람 속에

너 혼자 지키려는 순정의 등불

홍도야 우지마라 오빠가 있다

아내의 나갈 길을 너는 지켜라……

박석　(돌아보며) 옥아, 그 유성기 꺼라!

마담　호호. 〈홍도야 우지마라〉를 틀어야죠. 작가 선생님과 연출가 선생님, 두 분 예술가들이 함께 계시는데…….

그 사이, 창 밖에선 한 청년이 노래 2절을 부르면서 지나간다.
구름에 싸인 달을 너는 보았지
세상은 구름이요 홍도는 달빛
하늘이 믿으시는 내 사랑에는
구름을 걷어주는 바람이 분다.

임선규　마담상, 고마워요. 그런디 축음기 꺼요. 소리를 쬐끔 줄이든지…….

마담　예에. (볼륨을 죽인다)

박석　작품 제목부터 일본말이야. 「하나 사꾸기」, 우리 말로는 '꽃피는 나무'! 으흠―4막 5장짜리 연극 「하나 사꾸기」라. 대본을 다 읽어봤는디, 일본어 비중이 작품의 3분의 2야? 아니, 4분의 3쯤 되겠다. 1막은 순전히 조선말이고, 2막부터는 일본말 대사. 으흠!…….

임선규　박 선생님도 일어연극(日語演劇)을 집필하셨잖습니까?

박석　나야, 이동극단(移動劇團) 용으로 단막극 한 편 짧게 써봤지, 머. 허허. 임선규 씨, 참가단체마다 고쿠고연극을 하나씩 필수라고 하는디, 요렇게 군이, 일본말 조선말을 섞어 쓸 필요가 있을까?

임선규   허허. 현 시국은 일본말 고쿠고상용화[國語常用化]가 총독부의 정책방향 아닙니까? 어차피 그럴 바에는 일본어를 서로 간에 혼용해 봤습니다요.

박석   그런 취지와 말뜻은 알겠어. 하지만 극장에 오는 시민들, 일반관객이 일본어를 능히 알아 묵을 수도 없을 것이고 말야.

임선규   선생님, 이 작품은 내선일체를 주제로 한 가정비극입니다. 이 연극의 주인공 조선 청년은 반도인(半島人)으로, 일본 동경에서 어렵게어렵게 고학(苦學)하여 성공한 의학박사입니다. 그래서 그 은사(恩師)의 딸인 일본처녀를 새 아내로 맞이합니다. 그리하여 조선에 살고 있는 본부인과 그의 장남과, 가족들 간에 여러 가지로 심리적 불화와 갈등이 전개되는 것 아니겠습니까? 내지(內地)의 일본인 새 아내는 그들 조선인 가족을 부단히 '황민화'하려고 눈물겹게 정성과 노력을 쏟아 붓고…….

박석   그래요. 안다, 알아요. 허허. (대본을 들고) 그런데 임선규 씨, 이 작품으로 말하면 매력이 별로 없는데, 나한테는.

임선규   예에?

박석   다른 사람, 딴 연출가에게 한번 맡겨보면 어때?

임선규   선생님, 무슨 말씀입니까, 시방? 절대로 불가합니다. 안 됩니다요! 그리고 〈청춘좌〉 극단이 어떤 곳입니까? 박석 선생님이랑 최독견(崔獨鵑, 1901-1970), 홍해성(洪海星, 1894-1957) 세 어른이 〈동양극장〉에 몸담고 계실 적에, 일찍이 손수 창단하시고 키워낸 극단 아닙니까? 비록 지금에사 인연을 서로 끊고 지내고 있습니다만.

박석   그래, 그래애, 좌우간에 연구해 봅시다!……. (물뿌리에 담배를 피운다. 사이)

임선규   작년에 제1회 연극경연 때는 5개 극단으로 참가 제한을 했었는데, 금년도에는 셋이 더 늘어나서 8개 연극단체로 범위를 넓혔느라고 말씀입니다.

박석   그것은, 왜?

임선규   작은 군소극단들에게도 참가 기회를 주겠다는 것이죠.

박석   누구, 누구?

임선규   그러니까 〈예원좌〉(藝苑座)와 〈황금좌〉(黃金座), 〈극단 태양〉(太陽) 등등.

박석   임선규 그대는 작년도에 참가했었잖아?

임선규   예. 배우 심영(沈影, 1910~1971, 靑木沈影, 아오키 진에이)이가 이끄는 〈고협〉(高協) 극단에서 「빙화」(氷花) '어름꽃'이란 제목의 작품으로 참가해서, 〈극단 아랑〉(阿娘)과 함께 '조선총독상'을 공동수상 했었지요. 그때의 연극작품 「빙화」는 전창근(全昌根, 1908~1973, 泉昌根) 씨 연출이었구요.

박석   활동사진 〈복지만리〉를 감독한 작자? 그 국책영화 말야. '낙토만주'가 어쩌고저쩌고 하면서, '유자꽃 피는 항구 찾아 가거라!' 하는…….

임선규   예에. 그 영화 〈복지만리〉의 주인공 역이 심영 씨 아닙니까?

박석   (수긍하며) 그러고, 명배우 황철(黃澈, 1912~1961, 平野一馬)의

〈아랑〉 극단에서는 요번에 무슨 작품이래?

임선규 박영호(朴英鎬, 1911-1953) 작/ 안영일(安英一, 1909-?, 安部英樹)
연출의 「물새」랍니다. 해군지원병 문제를 다루는 소재라
고…….

박석 (빤히 건너보다가) 요즘에 내가 연극하기 싫은 이유가 뭣인
줄 알아? 연극 공연 시작 전에, 징 치고 막을 올리기 전
에 말씀이야. 극단 대표란 자가 무대 앞쪽에 맨 처음 등
장하여 동쪽을 향해서 '궁성요배' '사이케례'로 절하고,
그러고 나서는 또 '황국신민서사'를 고래고래, 큰 목소
리로 낭송(朗誦)하는 게야! 허기사 판소리 창극까지도 요
즘엔 그 3분의 1을 고쿠고 일본말로 노래 불러야 되는
세상이니까 말야. 아니 글쎄, 이동백(李東伯, 1867-1950) 같
은 국창(國唱)들이 고유의 우리 판소리를 일본말로 어떻
게 불러요? 허허, 가소롭다!…… (담배 연기를 한 모금 내뱉고)
좋아요, 그래. 한번 붙어보자. 〈청춘좌〉의 옛정을 생각해
서! 임선규 씨, 내일 청춘좌 배우들을 소집해요. 내일 당
장에라도 연습에 들어갈 수 있도록 말야.

임선규 박 선생님, 대단히 감사합니다!……. (벌떡 일어나서 꾸벅―
허리 굽혀 절한다. 암전)

(4) 서대문형무소의 김이섭 독방.

쇠창살 속의 김이섭이 무대 안쪽 멀리 법복 차림의 이토오(伊藤淸)

일본 검사를 바라보고 있다.

이토오   피고인은 '황국신민서사'를 왜 반대했는가?

김이섭   검사님, 조선 사람은 일본말을 다 아는 것이 아닙니다. 그런데 일본말 모르는 사람들을 붙잡아 놓고 황국신민 서사를 낭독하라고 하니, 그것을 반대하는 것이 당연하 지 않습니까!

이토오   학교 학생들에게 대일본제국의 국어(國語) '고쿠고'를, 일 본어라고 비하하여 낮춰서 불렀는가?

김이섭   일본말을 지칭하여 국어라고 하면 학생들이 낄낄거리고 모두 웃습니다. 그러니까 선생님을 오히려 조롱하는 것 같습니다. 그래서 평소대로 일본말이라고 그냥 말했을 뿐입니다.

이토오   하고 싶은 말이 있으면 말해 보라.

김이섭   검사님, 조선사람이 '독립을 희망한다'는 진술 내용이 왜 치안유지법에 저촉되는지 이해할 수 없습니다. 독립을 희망하지 않는다고 진술하고 싶었으나, 그것은 거짓말, 솔직히 허위진술이 됩니다. 아니 그렇습니까? 나의 속마 음 양심을 외면하고, 민족적 대의(大義)와 정의(正義)를 부 정하는 것입니다. 콧구멍에 물 붓기, 거꾸로 매달아서 비 행기 태우기, 옷 벗기고 몽둥이찜질 등등 고문을 당하면 서도 '독립을 희망하지 않는다'고 말할 수가 없습니다. 그래서 '희망'이란 낱말을 부인하고 싶지 않았을 뿐입니다. '독립과 희망'이란 단어는 민족과 양심의 문제 아니겠습니까!

이토오 김이섭 피고인은 대일본제국의 건설에 유해한 인물로 규정한다. 내선일체와 팔굉일우의 이념에 장애물이 되는 불령선인, '후테이 센징'으로 판단한다.

김이섭 검사님, 창씨개명에 관해서도 한 말씀 하겠습니다. 지금 대동아전쟁에서 그럴 리는 만무합니다만, 만일 일본제국이 패해서 미국 양키놈이 일본 사람들에게 강권합니다. 그 코쟁이들이 말하기를, 넬슨이니 와싱톤이니 링컨이니, 피터 혹은 죤슨이라고, 그와 같이 창씨개명을 강권한다면 일본인들이 반대하지 않을까요?

검사 빠가야로! 혼또니 고마따네……. (암전)

김이섭, 그대로 쭈그리고 앉아 「옥창일기」를 읽는다.

김이섭 "12월 8일 수요일. 오늘은 대동아전쟁 2주년을 기념하는 '대조봉대일'(大詔奉戴日)이다. 죄수들도 하루 일하지 않고 쉬는 면업일(免業日)이다. 대조봉대일이란 일본 해군이 미국 하와이의 진주만(眞珠灣)을 공격하여 대승을 거둔 날을 의미한다. 그 기념으로 죄수들에게 모찌 찹쌀떡을 한 개씩 나누어준다. 그러나 나 같은 '보수'들은 특별히 홍백(紅白), 붉은 색과 흰색의 모찌떡 두 개씩을 배급받았다. 나는 멸사봉공(滅私奉公)과 진충보국(盡忠報國)의

'야마토정신'[大和魂]을 제대로 갖추지 못하고 있다. 아무래도 난 황국신민이 될 수 없는 불충(不忠)한 자(者)이다……."

이때, 현산 노인이 그림자처럼 들어와 모찌떡 두 개를 꺼내서 보인다. 그러자 김이섭도 자기 주머니에서 떡 두 개를 꺼내서 서로 맞바꾼다. 그러고는 떡을 한 입씩 베어 물고, 마주 보면서 우물우물 씹는다.
양인(兩人)의 다정하고 흐뭇한 미소가 온 얼굴에 번진다.
암전.

(5) ◎[영 상] ─ 도쿄 메이지(明治)대학 운동장. 조선의 전문, 대학생들이 학병지원(學兵支援)을 독려하는 최남선과 이광수(春園 李光洙, 1892-1950)의 강연을 듣기 위해 가득히 운집해 있다.
그 영상을 뒤로 하고, 최남선과 이광수, 마해송(馬海松, 1905-1966) 3인의 좌담회.
최남선은 흰 두루마기의 한복이며, 이광수는 일본 남자의 기모노[着物, 和服] 정장에다 신발까지 게다[나막신]를 신고 있다. 마해송은 양복 정장…….

마해송   (사회) 바야흐로 학병지원을 독려하기 위해, 두 분 선생님이 동경(東京)까지 이렇게 건너오시고, 메이지대학에서 조선의 전문학교와 대학생들을 모아놓고 강연해 주시니 감사한 마음 그지없습니다. 강연회는 대성황이었습니다. 저는 아동문학가 마해송 옳습니다. 동경에서 발행되고 있는 월간잡지 『조선화보』(朝鮮畵報)의 청탁으로 귀한 자리를 마련케 되었습니다. 마침내 우리 조선의 청년학도에게도 내지인(內地人), 즉 일본측 대학생들과 어깨를 나란히 하고, 미영격멸의 군문(軍門)으로 당당하게 출정할 수 있게 된 점은 다시없는 영광이며 황은(皇恩)이라고 하지 않을 수 없습니다. 천황폐하의 시혜(施惠)에 의한 광영과 감동이죠! 조선청년에게는 얼마나 큰 영광이며, 장쾌한 일이겠습니까. 조선의 청년학도로서는 천재일우의 진충보국의 때가 온 것입니다. 일생일대의 소중한 기회입니다. 문학자는 붓으로, 청년학도는 병력으로, 근로자는 보국대(報國隊)로, 여성은 애국반(愛國班)으로, 청소년들은 경방단(警防團)으로, 이렇게 결전태세(決戰態勢)를 갖추고 팔굉일우의 대이상(大理想)을 실현하는 것입니다. 따라서 우리들 조선신민은 황은에 감복하고, 숙루(熟淚)의 뜨거운 눈물을 금할 수 없습니다. 그러면 먼저, 춘원 선생님? 제가 '창씨'로 부르겠습니다.

이광수 물론이오, 허허.

마해송 조선의 큰 보배요, 대소설가이신 가야마 미쓰로(香山光郎) 선생께서 소감 한 말씀을?

이광수 금일의 강연회장은 일종의 극적 광경이라고 할 수 있겠지요. 우리의 고고쿠 황국(皇國)을 위하여 전쟁터에 나가서 죽자는 군건한 결의가 모든 학도의 얼굴에 역력히 드러나더군요. 심히 보람차고 의미가 컸습니다. 그런데 역시, 오늘 강연회의 압권은 우리 육당 선생님 아니었을까요?

최남선 허허, 무슨 그런 말씀을. 금일 강연회는 청중 숫자가 1천 5백 명은 족히 넘었을 겝니다. 큰 성황이었어요. 그러고 내 생각입니다만, 일본 무사도(武士道)의 연원(沿源)이야말로 우리 신라의 화랑도(花郎道)가 그 토대였다고 사료됩니다.

이광수 그렇습니다. 일본과 조선 두 나라, 양국 공통의 상무정신(尚武精神)이란 것이 그 화랑도 지점(地點)에서 서로 만나고, 합치된다고 봐요. 그런 의미에서 나는, 저―신라의 화랑도 정신을 현시대의 우리들에게 막 바로 부활시키는 것이 좋다고 생각합니다. 일선동조(日鮮同祖) '닛센도소', 즉 일본과 조선은 같은 할애비이다. 고로 일본의 야마토민족(大和族)과 조선민족은 한 뿌리인 것입니다. 동조동근(同祖同根)이예요. 시방 현재 저쪽에 충청도 땅 부여에 위치하고 있는 부여신궁(扶餘神宮)이 이를 증명하고 있지 않습니까! 허허. 대아세아의 번영과 평화를 완수하기 위하여는, 조선 동포와 청년들이 기꺼이 모든 것을 다 바쳐야만 합니다. (벌떡 일어나서 두 주먹을 들고) "나, 가야마 미쓰로는 주장합니다. 우리의 모든 땀을 바치자! 우리의 모든 피를 바치자! 우리의 모든 생명을 바치자!……"

(암전)

◎[영 상] 김기창 (雲甫 金基昶, 1913-2001)의 〈님의 부르심을 받들고서〉 삽화(揷畵) 그림. ('祝 入營……'의 어깨띠를 두른 학도병 좌우에 갓 쓰고 안경 낀 아버지와 머리 수건을 쓴 어머니를 묘사한 수묵화. '대동아성전'(聖戰)에 출정하게 된 학도병의 감격과 장한 그 아들을 굽어보는 연로한 아버지 모습)

그림 앞에서, 한복(韓服)의 여류시인 노천명(1911-1957)이 자작시를 낭송한다.

〈님의 부르심을 받들고서〉
남아면 군복에 총을 메고
나라 위해 전장에 나감이 소원이리니

이 영광의 날
나도 사나이였드면 나도 사나이였드면
귀한 부르심 입는 것을

갑옷 떨쳐입고 머리에 투구 쓰고
창검을 휘두르며 싸움터로 나감이
남아의 장쾌한 기상이어든……
이제

아세아의 큰 운명을 걸고
우리의 숙원을 뿜으며
저 英美를 치는 마당에랴

螢門으로 들라는 우렁찬 나팔소리⋯⋯

오랜만에
이 강산 골짜구니와 마을 구석구석을
흥분 속에 흔드네. (전문)

암전.

(6) ◎[영 상] 〈사이판 전투〉의 전쟁 장면. '반자이 절벽'(Banzai Cliff)에서 옥쇄(玉碎)하는 섬 주민과 병사들의 처절한 광경 (YouTube)

■ 서대문형무소의 마당
김이섭과 현산 등 보수 10여 명이 정렬해 있고, 간수장 미무네가 훈시중이다.

미무네 지난번 남태평양의 과다르카나루(Guadalcanal 과달카날) 전황(戰況)에 관해서 간략히 이야기했으나, 오늘은 싸이팡

(Saipan)전투에서 우리의 황군 전사(戰士)와 섬 주민들이 장렬하게 교쿠사이[옥쇄]하였다는 사실을 발표하지 않을 수 없다. 용맹한 그 순국열사들은 80미토루(미터)의 높은 절벽에서, '덴노헤이카 반자이!'[天皇陛下萬世] '다이닛폰데이코쿠 반자이!'[大日本帝國萬世], (차렷 자세로 구호) 이와 같이 큰소리 높이 부르짖으며 검푸른 바다 속으로 몸을 던져서 장렬히 옥쇄하였다. 그리고 사이토(齋藤) 군사령관께서 자결하시고, 나구모 주이치(南雲忠一, 1887-1944) 제독(提督) 각하는 피스토루 권총(拳銃)으로 순국하셨다. 진실로 분개하고, 가슴 아프고 뼈아픈 사태이다. 그리하여 도조내각[東條英機, 1884-1948]이 총사직하고 고이소 구니아키(小磯國昭, 1880-1950) 대장 각하께서 총리 대신의 대명(大命)을 이어받으셨다. 여러분도 알다시피, 고이소 각하로 말하면 연전에 조선총독부의 총독을 역임하신 어른이다. 현 시국 하 우리는 총후국민(銃後國民)의 신념을 가일층 공고히 하고, 아세아의 1억 황민이 함께 다 멸사봉공과 진충보국을 다한다면, 그까짓 귀축의 무리 미영격멸 따위는 아무 것도 아니라고 본관은 믿는 바이다. 금일은 우리 서대문형무소를 대표하여 보수 17명으로 하여금, 저―남산(南山)에 위치하고 있는 조선신궁을 참배키로 하였다. "일동 차렷! 앞으로 가!……." (구호한다)

◎[영　상] – 붉은 황혼이 깃든 서울(京城) 시내 및 멀리 아름답고 푸른 한강.

모두 열을 지어 무대를 한 바퀴 크게 뜀박질한다. 저벅저벅 발맞춰서…….

무대 중앙의 안쪽을 향해 제자리걸음하고, 차렷 자세를 취한다.

◎[영　상] – 조선신궁(朝鮮神宮) 앞

미무네　(구령) "호국영령께 경배!"

모두　(의례 절차 – 허리 굽혀 절 두 번, 손뼉 치기 두 번, 절 한 번 순서로 한다)

그리고 무대를 한 바퀴 구보하여, 다시 제자리에 멈춰 선다.

미무네　수고들 많았다. 석식(夕食), 모두 저녁식사 마치고 감방(監房)으로 간다. "일동 해산!"…….

모두 차렷 경례하고 흩어진다. 김이섭과 현산은 무대 앞쪽으로 걸어 나오며 속삭인다.

현산　김 시인님, 일본제국이 패망할 날이 멀지가 않았어요!

김이섭　(주위를 돌아보며) 예? 무무, 무슨 말씀입니까, 현산 어른?

현산　가까운 장래, 일제는 미구(未久)에 망합니다.

김이섭   아니, 어떻게 그와 같은 생각을…….

현산   두고 보시오. 오래지 않아서, 가까운 장래에 필시 패망합
        니다.

김이섭   설마, 그렇게 되기야 하겠습니까?

현산   저것들이 최후의 발악을 하고 있습니다. 나는 확신해요.
        그러므로 민족해방과 조국광복의 날이 멀지 않았음이야!

김이섭   ……?

현산   (목소리를 높여) 그건 그렇고, 허허. 가만히 내레 손꼽아보
        니까니, 우리 김 시인님의 출옥일자(出獄日字), 날짜가 얼
        마 남지 않았습데다.

김이섭   예에. 한 2개월 정도 남았습니다. 현산 어르신, 부끄럽습
        니다. 선생님은 10년 동안이나 넘게, 이곳에서 신산고초
        (辛酸苦楚)를 겪고 계시는데…….

현산   무시기 그런 말씀을? 일없습네다. 독립운동을 하겠다고
        뛰어든 마당에, 풍찬노숙(風餐露宿)이 대수로운 일이겠소?
        동가식서가숙(東家食西家宿)하고 말씀이야.

김이섭   저도 대강은 짐작하고 있습지요. 찬바람을 끼니로 삼고,
        찬이슬 밭에서 한뎃잠(野營)을 설치고, 동쪽 집에서 밥 얻
        어 묵고 서쪽 집에 가서 새우잠을 자고…….

현산   허허. 김 선생, 감옥에서 나가시더라도, 우리들 호상 간
        에 잊지 않기요! 요런 늙은이, 구로야마 현산을 언제나
        망각하지 않기를 바랍네다.

김이섭   (비감과 울분으로) 선생님, 한평생 잊지 않겠습니다! 꼭!……,

꼭—틀림없이, 결단코 약속드립니다, 현산 어르신. 모쪼
록, 부디부디 건강 잘 챙기시기 바랍니다.

현산   (더듬더듬) 김 시백(詩伯)님, 고맙고 또 고맙습네다!…….

김이섭, 눈물이 핑— 돌며 현산의 차가운 양손을 굳게 잡는다.
암전.

3막

(1) 본정통(충무로)의 미쓰코시[三越] 백화점이 있는 밤거리.

전기 불빛이 휘황하다. 인적이 드문 늦은 시각에, 잔뜩 술 취한 박석이가 비척비척 걸어오고 있다. 〈그리운 강남〉 노래를 고성방가 흥얼거리면서…….

'정이월 다 가고 삼월이라네/ 강남 갔던 제비가 돌아오면은/ 이 땅에도 또다시 봄이 온다네/…….'

박석	으윽, 술 취한다!……. (어두운 길 한 귀퉁이에 가서 실례! 오줌을 싼다. 그때 일본순사 한 명이 호루라기를 불며 쫓아온다)
순사	휘익, 휘익! 오이 난다? 빠가!
박석	……. (한동안 계속한다)
순사	오이, 고마따네…….
박석	……. (흔들흔들 바지를 추스르며 그를 흘겨본다)
순사	고레와 난데스까?
박석	……. (꼼짝 않고 물끄러미 지켜보다가, 차렷 자세하고 허리를 굽혀 절한다. 벙어리 바보같이 땅에 닿을 듯 꾸벅– 직각 90도 인사)
순사	……. (어이없어 한다)
박석	……. (연거퍼 두 번을 또 천천히 구부린다)
순사	하하하. (알았다는 듯) 고이쓰 빠가다나!(이 자식 바보 천치구나,

하고 돌아서 걸어간다)

멀리서, 이헌구가 이 광경을 지켜보고 있다가 성큼 달려와서 그를 부축한다.

이헌구   석아, 이 무슨 추태냐, 큰일 나게! 밤길 대로상에서 소피를 보고, 그러고 또 금지곡 〈그리운 강남〉 노래까지 불러 대고 말야.

박석   으흠!…….

이헌구   밤이 야심한데, 늦게까지 술은 어디서 퍼마셨어?

박석   (그제서야) 일본 순사놈, 사라졌냐?

이헌구   너, 술 안취했구나!

박석   술기운은 취하고 볼일은 급하고, 어쩔 수 없이 실례했다! 그런데 재수 없게도 왜놈 순사놈에게 덜컥 걸렸어요. 허허.

이헌구   그래서, 순간적으로 바보 멍청이 같은 시늉을 한 거야?

박석   그렇다. 사일런스(silence) 연기! 말없는 묵극(默劇) 흉내를 낸 거지, 머.

이헌구   하하. 연극쟁이 배운 도둑질이, 겨우 그래 판토마임이냐? 자―얼른 가자.

박석   으윽!…… 나 오늘은 술 많이 마셨다? 기분도 울적하고, 진창…….

이헌구   그래, 그래애. 그렇잖아도 너를 찾는 중이다. 기쁜 소식이 있어서.

박석　기쁜 소식?

이헌구　찻집으로 우선 들어가자! 다방에 가서 얘기할게…….

■ 찻집 '제비'

그들, 안으로 들어와서 의자에 털썩 주저앉는다.

박석은 물뿌리에 담배를 꽂아 성냥불을 붙인다…….

이헌구　술타령은 어느 누구와 함께한 거야?

박석　으음. 그 왜, 총독부에 있는 연극담당 사무관 호시데(星出壽雄 히사오)란 작자 있지? 그 똑똑하고 젊은 놈이, 술 이치고뿌 하자고 해서.

이헌구　무슨 용건으로?

박석　별것 아냐. 요, 박석이가 신체제연극을 소홀하게 한대나? 새시대의 연극, '국민극 수립' 고쿠민게키 주리쓰를 위해서 말야. 그래서 말해줬다, 머. 지난번 경연대회에서 비록 평가성적은 불량했으나, 〈꽃피는 나무〉 '하나 사꾸기' 연극이야말로 나 박석 연출가가 만들어낸 것 아닌가요? 신체제 국민연극을 위하여. 으윽!……. (술트림)

이헌구　그래서, 석이 너한테도 극단 한 개는 만들어 줄 수 있다는 거야?

박석　유동진의 현대극장처럼?

이헌구　그 사무관 호시데란 자가 조선연극을 쥐락펴락 하고 있는 것 아닌가?

박석 그야, 물론. 허허. 호시데가요, 박석에게 극단 만들어 줄리도 만무하지만, 본관 역시도 사양한다! 그놈이 곧바로 실세(實勢), 권력자야! 유동진의 현대극장도 그의 기획작품이고말고. 허허, 안 그래? 호시데 그자가 적극 후원해 주고, 지도편달도 하고 말이다. 너도 잘 알잖아? 소천 너는 현대극장 단원(團員), 식구끼리니까.

이헌구 그래요. 극단 사무실도 호시데가 주선한 것이란다. 저쪽 견지정(堅志町) 동네에 이용구가 창시(創始)한 대동일진회(大東一進會), 즉 시천교(侍天敎) 교당(敎堂)이 자리 잡고 있는 곳. 그리하여 그 건물 내에다가 큼지막한 사무실을 장만하게 됐어요. 극단 연습실도 만들고, 〈국민연극연구소〉 간판도 하나 내다걸고. 그 교당에는 일진회 활동을 하다가 죽은 자들의 영령, 위패(位牌)가 모셔져 있기도 해.

박석 (목소리를 높여) 그렇다고 그래, 일진회 소재의 〈북진대〉 연극을 쓴단 말이냐? 나쁜 자식! 뭐 뭐, '금일의 내선일체는 명일의 대동아건설의 초석이 된다는 선구자적 기개(氣槪)를 그려낸 군중극(群衆劇)'이라고? 이용구란 자는 매국노 이완용(一堂 李完用, 1858-1926)하고, 꼭 같은 길을 걸어간 인물이야, 임마. 친일파, 만고역적(萬古逆賊)의 더러운 치욕의 길! 으윽!…… (사이) 그건 그렇다손치고, 기쁜 소식이란?

이헌구 으응, 이섭이가 서대문 감옥에서 내일 오후에는 나온대요?

박석   뭣이라고? 우리 김이섭이가? (벌떡 일어나서 서로 손을 잡는다) 야 요것, 술이 확—깨는구나! 아니, 어떻게 돼서 그렇게 빨리?

이헌구   우리 김이산은 모범수란다. 해서 만기출옥(滿期出獄) 2주일 전에 가석방(假釋放)이래요. 운니동 본가에 특별히 기별이 왔었노라고 말이다!

박석   (큰소리) 야호, 야호! 좋다, 좋아요. (안에 대고) 옥아, 여그 술상 차려라! 하하하…… (홍소한다. 암전)

(2) 김이섭의 출옥환영회.

◎[동영상] '金怡燮詩人出獄歡迎會'의 벽보 글씨가 붙어있으며, 문인과 연극인 친지들이 긴 앉은뱅이 탁자의 술상에 둘러앉아 있다. 술상에는 즐비한 여러 가지 음식물과 술주전자와 술잔 등등. 기쁘고 조촐한 술자리…….

(이 동영상이 방영되는 동안, 찻집 제비에서는 희미한 불빛 속에 사람들이 영화 보듯이 그것을 지켜보고 있다. 홍사용을 비롯, 박석, 김이섭, 유동진, 이헌구 등 5인.

카메라가 인물들과 분위기를 캡처하면서 이리저리 움직인다)

이헌구   (사회자) 오늘 밤은 진실로 기쁘고 즐거운 시간입니다. 불초 이헌구가 진행을 보겠습니다. 우선 먼저, 이 자리에 참석하신 내빈 친구들을 간단히 소개합니다.

모두   짝짝 짝……. (박수)

이헌구   내빈 소개는 나이, 대략 연장자 순서로 하죠. 경칭은 생
략합니다. 허허. 먼저, 20세기 초, 1900년에 고고(呱呱)의
첫울음을 터뜨린 경안 서항석(耿岸 徐恒錫, 1900–1985, 松岡
恒錫)과 홍노작 사용. 홍노작은 시인이고 경안은 연극연
출가, 두 분은 동갑입니다. 서항석은 유동진의 〈현대극
장〉에서 최근에 「대추나무」와 「어밀레종」을 연출했습니
다. 다음으로 소설가 월탄 박종화와 춘강 박승희. 월탄은
역사소설 「端宗哀史」로 유명하고, 춘강은 우리나라 신극
(新劇)의 효시 극단 〈土月會〉를 창단하였고, 내 옆에 박석
과 함께 형제처럼 활동했습니다. 저쪽에 이태준(尙虛 李泰
俊, 1904–1970?) 소설가. 상허 이태준은 강원도 철원(鐵原),
그러니까 고향에 낙향해서 요즘은 문인활동을 절필(絕筆)
하고 있는데, 오늘의 우리 모임을 위해서 일부러 상경(上
京)하였습니다…….

모두   (박수) 짝짝 짝…….

이헌구   우리 40대 동갑내기들, 김이섭, 유동진, 박석, 나, 네 사
람. 요쪽에 극단 〈黃金座〉에서 활동하고 있는 「村선생」
의 극작가 이광래(溫齋 李光來, 1908–1968)와 백철 문학평론
가. 모윤숙(嶺雲 毛允淑, 1910–1990)과 노천명 두 여류시인.
백철과 노천명은 같은 『每日新報』 신문기자들입니다. 그
옆자리에 무용가 조택원. 조택원은 신무용(新舞踊)의 최
승희(崔承喜, 1911–1969)와 함께 양대 산맥 아닙니까? 또 그

옆으로, 아랫 세대인 30대로는 임선규와 주영섭과 김사량과 함세덕. 주영섭은 여기 유동진 작 「흑룡강」과 「북진대」를 연출했고, 임선규는 「사랑에 속고 돈에 울고」의 극작가. 함세덕은 요즘의 신체제국민극 「흑경정」이나 「낙화암」 「어밀레종」보다는 초기의 「山허구리」나 「해연」(海燕) 「동승」(童僧) 등이 더 좋습니다. 소설가 김사량은 연전에, 단편소설 「빛 속으로」가 일본의 '아쿠다가와(芥川龍之介) 문학상' 후보작에 선정돼서 유명하죠. 그러고 저쪽, 우리 시대의 명배우 두 사람 심영과 황철……. (일어나서 목례한다)

모두   (박수) 짝짝 짝…….

이헌구   심영은 극단 〈고협〉의 대표이자 활동사진 〈복지만리〉의 주인공이었으며, 황철은 잘 알다시피 〈사랑에 속고 돈에 울고〉의 기생 홍도 오래비 역할로 유명하고, 현재는 〈아랑〉 극단의 단장이기도 합니다…… (둘러보며, 혼잣말) 소개가 다 됐나? 허허, 좋아요. 그러면 한 말씀 더 보태겠습니다. 수주 변영로(樹州 卞榮魯, 1898-1961)와 공초 오상순(空超 吳相淳, 1894-1963), 두 분 선배 시인한테서는 피치 못할 사정이 있어 불참이라고, 미안하다면서 전갈이 계셨습니다. 그러고 오늘 이 자리에 꼭 참석해야 할 두 사람이 있는데, 엊저녁에 시외전화가 나한테 왔습니다. 한 분은 경상도 대구에 계시는 홍해성 선생. 그분은 일찍이 동경의 '쓰키지(築地)소극장'에서 연극예술을 수학한 연출가입니다. 또

한 사람은 「승방비곡」(僧房悲曲)의 소설가 최독견 선생. 최독견은 황해도 구월산(九月山)에, 홍해성은 대구 고향집에, 각자 몸뚱이를 숨기고 도망쳐 있습니다. 세상살이가 하도 꼴보기 싫다고 해서! 허허.

모두   쩝쩝 쩝……. (잠시 쓴웃음 짓는다)

이헌구   마지막으로, 축하 전보도 한 개 와있습니다. '청록파'(靑鹿派) 시인들. 문학지 『문장』(文章)을 통해 등단한 시인들로, 박목월(朴木月), 박두진(朴斗鎭), 조지훈(趙芝薰)이 그네들입니다. 세 시인들 모두 팔팔하고 젊고, 생각이 깊은 문학자들입니다. 소개가 너무나도 길어졌고, 장황하죠? 허허.

모두   ……. (가볍게 박수)

이헌구   고맙습니다. 그러면 오늘의 술자리 주인공 김이섭 시인이, 인사말씀을 하겠습니다. 자ㅡ 이섭아?

김이섭   어흠……. (자리에서 일어난다)

모두   ……. (박수)

김이섭   (안경을 추스르고) 허허. 생각나는 대로 몇 말씀 올리겠습니다. 쇼와(昭和) 16년, 1941년 2월 21일은 나에겐 잊지 못할 날입니다. 그날 이른 아침에 경찰서 형사들이 나의 운니동 집에 불시에 들이닥쳐서 아무 영문도 모른 채 강제연행 당하고, 내 서가(書架)에 꽂혀 있는 책들도 한 리야카(손수레) 가득히 몽땅 실어갔습니다. 그날은 마침 내가 봉직하고 있는 중동학교 봉급날이었고, 나의 베갯머리에는 그때 『학예사』(學藝社)에서 새로 펴낸, 저기— 앉아있는 이태준 씨의 문고판 단편소설집에 관한 새책 신간평(新刊評)을 부탁받아서, 그 책과 원고지도 같이 놓여있었습니다. 그로부터 3년 8개월 동안, 4년여를 서대문 감옥에서, 여러분께서 알다시피 사상범이란 딱지를 달고 영어생활(囹圄生活)을 겪었습니다. 시방도 나는 사상범의 정확한 의미를 모릅니다. 학교에서 선생님이 학생들에게 고쿠고, 즉 일본말을 국어라고 가르치지 않고, '황국신민서사'와 '동방요배'를 실행하지 않는 것을 갖고서 '사상범입네' 하고, 무슨 치안유지법에 저촉되는 것이라면 말이나 되는 소리입니까? 나는 납득할 수가 없어요. 허허. 그건 그렇고, 형무소에서 생활하다 보니까 좋은 점도 있습디다. 사상범은 독방(獨房) 차지입니다. 일반사회의 도둑질과 사기횡령 같은, 이른바 잡범(雜犯)과는 절대로 한 방에 두지 않고 독방이에요. 왜고 하니, 사상범과 한 방에 같이 넣어두면, 그들에게 사상의 전염병이 발생할 수 있으니까 예방 차원이라는 것입니다. 나만 혼자서 편안하게(?) 독방생활…… 독방은 겨우 한 평 남짓 작고 비좁기는 하지만, 잡방은 크기가 3평(坪) 3작(勺)으로, 거기서는 대략 15명 죄수들이 콩나물시루 같은 생활을 해야 합니다. 그러니 오죽이나 힘들고 불편하겠습니까? 어느 동화나라의 왕자처럼, 나야말로 홀로 독무대 아닌가요? 독방에 갇혀서, 허허. 그런 생각지도 못한 서대문

감옥소의 하념지덕으로, 전무후무한 『나의 옥중기』(獄中記), 일기책을 깨알같이 기록할 수 있게 되었고 말씀입니다!……

모두 하하하! (그의 역설에, 박수 치며 고소를 날린다)

김이섭 허허. 거두절미, 나의 얘기는 이쯤하고 목구멍들이나 축이십시다. 불초 나를 위해 이처럼 성황을 이뤄주시니 행복하고, 무한 영광입니다. 감사, 감사합니다!

모두 짝짝 짝……. (박수)

김이섭 (자리에 앉으려다 다시 일어나서) 아아―잠깐! 작년 섣달 그믐날에, 빵간에서 지은 〈옥중시〉(獄中詩) 한 편 낭송해 보자! 허허……. (눈 감고 외운다)

1941년 섣달 그믐날―옥창 제1년 말
1942년 섣달 그믐날―옥창 제2년 말
1943년 섣달 그믐날―옥창 제3년 말

첫해에는 앞이 보이지 않아서 울었다
둘째 해에도 앞이 보이지 않아서 울었다
세째 해에는 앞이 내다보여서 울었다
나는 나를 미워해서도 못살았을 것이다
나는 나를 사랑해서도 못살았을 것이다
나는 있다. 그것으로써 나는 살았다

앞길을 헤치고 갈 발가락이 얼더라도
오늘밤만은 다리를 뻗고 호연(浩然)히 자리라!……

이헌구 (잠시 엄숙한 분위기를 깨고) 자아 — 그러면 우리 홍노작 선생
께서, 건배사를 제의해 주십시오!

홍사용 허허. 내가?…… 그렇게 합시다. (술잔을 들고 일어난다)
자 — 모두 앞에 있는 술잔들을 들어요. 술잔 높이. 오늘
은, 아까 뜬금없이, 우리 말의 낱말 한 개가 떠오릅디다.
그것이 뭣인고 하니, 천신만고(千辛萬苦)라는 문자야. 천
신만고란 '천 가지 매운 것과 만 가지 쓴 것'이라는 뜻입
니다. 온갖 어려운 고비와 심한 고생을 넘어서서, 마침내
희망과 꿈에 도달한다는 의미를 품고 있어요. 그러므로
건배하고 내가 선창하면, 여러분은 천신만고 하고, 세 번
을 연달아서 복창하기로 합니다. 자 — 준비. (큰소리로) 작
년 봄에 저 세상으로 떠나간 소설가 현진건과 이상화 시
인같이 되지 말고, 우리들 모든 이의 행운과 건강을 위
하여, 건배!

모두 천신만고! 천신만고! 천신만고! 하하하. (서로 술잔을 부딪치
고, 단숨에 쭈욱 — 들이킨다. 그리고 힘찬 박수) 짝짝 짝……. (암전)

■ 찻집의 전등 불빛이 환하게 밝아진다. 그들도 박수와 웃음소
리…….

홍사용　자 자— 얼른 코히(커피) 드십시다. 코히가 식기 전에.

모두　예에. (마신다. 사이)

홍사용　그러면 동갑쟁이끼리 담소(談笑)들을 나눠요. 요즘 같이 험한 세상에 살다보면 호상간에 만나기 쉽지 않고, 좋은 이야기들 모처럼 많이많이 하시구료. 나는 또 다른 약조(約條)가 있어서. 그런디 유동진 씨는 어딜 갔나? 방금 전까지 여그 앉아 있었었는데……. (일어나면서 둘러본다)

이헌구　예에. 아마도 화장실에 간 모양이죠?

박석　짜아식, 자리가 불편해서 피한 것 아냐?

홍사용　무슨 그럴 리가…… 오늘은 김이섭 시인 덕분에 기분 좋은 자리였어요. (밖으로 향한다)

김이섭　허허. 제가 오히려 감사합니다.

박석　안녕히 가십시오, 홍노작 어른!

홍사용　좋아요, 그래애. 허허……. (퇴장)

김광섭　요즈음 〈현대극장〉은 일거리가 많은 모양이지?

이헌구　으응, 연극공연에 쉴 틈이 없어요. 지난 6, 7월은 「낙화암」 공연, 8, 9월 달은 「봉선화」, 그리고 다음번엔 「어밀레종」 재공연 일정이 부민관(府民館) 대극장에서 또 잡혀 있단다. 「어밀레종」은 인기가 좋아서, 벌써 수차례나 재공연됐고말야. 그러고 보니까 세 작품이 모두 함세덕 작(作)이로구나! 허허.

박석　함세덕 그자는 젊은 것이 못써! 재주가 있는지는 몰라도, 아이가 경망하고 너무 촐싹거려요. 재승박덕(才勝薄德)

이야. (물뿌리에 담배를 태운다)

김이섭 내 보기에, 함세덕은 친일 어용작가야. 유동진보다도 더 심한 것 같아. 4년 동안 감옥에 있어서, 세상 공백을 메꾸느라고 이것저것 챙겨서 읽어봤었지. 총독부 기관지 『매일신보』는 물론, 월간지 『국민문학』과 『新時代』『春秋』 등등.

박석 최재서의 『국민문학』은 태생부터서 친일잡지였으니까.

김이섭 한마디로 역사의 불행이고 오욕(汚辱)의 계절이다. 치욕과 비극의 역사! 그 본인, 당사자에게는 오점(汚點)이고 씻을 수 없는 불명예일 뿐이지. 희곡작품 「어밀레종」도 읽어봤다. 잡지에선, 전적으로 고쿠고 일본말로 발표했더구만. 별로 썩—잘하는 익숙한 일본어 실력도 아닌데 말야. 새파란 30대 작가가 타락했어요. 함세덕의 「어밀레종」은 우리의 천년 역사를 왜곡하고, 아름다운 전설을 거짓부리하고 있어요. 작가가 스스로 밝히기를, '「어밀레종」은 지금까지 정치적인 것을 한 단계 뛰어넘어서, 문화사를 통한 내선일체의 역사적 고찰을 시도한 작품'이라고? 허허, 서글프다 웃겠다! 한낱 궤변일 뿐이에요, 그것은.

박석 봉덕사 신종(奉德寺 神鐘)이 제작된 것은 신라의 혜공왕(惠恭王) 때야.

김이섭 바로 그 지점이다. 그래서 역사책을 나도 들춰봤어요. 서기 771년의 통일신라시대. 천2백 년 전의 옛이야기. 그

시절에 1천 년 전의 일본은 나라도 제대로 갖추지 못하고 미개한 왜적(倭賊)의 소굴일 뿐이었다. 끊임없이 이웃 나라에 쳐들어가서, 특히나 우리나라 신라를 해적(海賊)질로 괴롭히고 말야. 재산과 재물을 약탈하고, 부녀자들을 납치 강간하고, 사는 집들을 불태우고…… 그런데 봉덕사 신종을 만드는 주종사(鑄鐘師) 미추홀(彌鄒忽)이 뜨거운 쇳물에 눈이 멀어서 봉사가 되고, 그러자 일본국의 신묘한 의사 박사(醫博士)가 바다 건너와서, 그 두 눈을 뜨게 치료하고 쾌차시켜 준다고? 그 당시에 동(東)아세아의 일등 문명국은 일본도 신라도 아닌 중국 당(唐)나라야. 눈 먼 봉사의 두 눈을 뜨게 하려면, 일본 사람이 아니고 중국 사람이어야 꼭 맞는단 말이다. 안 그런가? 순 엉터리, 그따위 전설과 민담(民譚)이 어디에 있냐! 허허.

이헌구 사건은 그뿐만이 아니지. 신종을 만드는 주물(鑄物)이 부족해지자, 온 신라 백성이 놋그릇과 놋대야, 유기그릇을 들고 봉덕사 절을 찾아가서 자진 헌납하고 있어요. 시방 현재 집안에 있는 밥그릇과 놋숟가락, 젓가락, 놋요강을 사람들이 자진 헌납하고 있듯이말야. 현시국하에, 소학교에 걸려 있는 땡땡이 학교종, 전국 사찰의 쇠북종과, 심지어 부처님 앞에 놓여 있는 촛대까지 온갖 유기물(鍮器物)을 송두리째 공출하는 것과 다를 바 없지, 머. 진짜 교활하게 현 시국과 연결시키고 있어요.

박석 해서 내가, 함세덕은 재주가 승하다는 것 아닌가? 뜬금

없이, 저—남양군도 멀리 발리섬의 원주민을 소재로 한 「추장(酋長)이사베라」(5경) 연극은 한술 더 떴어요. 대동아 공영권 건설과 남방진출을 위해? 허허, 약삭빠르고 넉살 맞은 놈이야!

김이섭 말난 김에 한 마디 더 하자! 유동진 「대추나무」는 그것 이 작품이냐? 개척민이다, 정착촌(定着村)이다, 분촌운동 이 어쩌고저쩌고 선동 선전하고 있으나, 그런 짓거리는 일제의 거짓과 술책이란 말이다. 만주 벌판이 조선의 내 나라, 내 땅이냐? 남의 나라, 중국의 땅 덩어리야! 그러 고 언필칭, 푸이황제(溥儀, 康德帝)의 만주제국이란 것은 또 뭣이냐? 일제가 내세운 괴뢰정부(傀儡政府)일 뿐. 뭣이 냐, 오족협화, 5개 민족의 '왕도낙토'라고? 가증하구나! 허허……

박석 자자—이치고뿌 한잔 더해야제. 우리가 그대로 헤어질 수 있냐? 가만 있자. 여그서 가까운, 낙원동(樂園洞) 뒷골 목으로 나가볼까?

이헌구 너 또, 대로상 길가에서 노상방뇨(路上放尿) 할려고?

세사람 하하하…….

이때 유동진이 다방 안을 들여다보며.

유동진 어이, 실례! 나 먼저 가봐야 되겠다.

김이섭 동진아, 너 먼저 갈려고?

유동진 으응, 바쁜 일이 좀 있어서…….

박석 그래라. 아무도 붙잡을 사람 없다니! 허허. (박, 김 두 사람이 따라서 밖으로 나온다)

밤하늘의 찬란한 별빛 아래 세 친구가 그림자처럼 원을 그리며 서 있다.

사이.

그들 셋은 까딱없이 서로 버티고 서서 돌려가면서 '뺨 때리기'를 행한다.

찰싹, 딱! 찰싹 딱!…….

이하, 이육사(李陸史, 1904~1944)의 시 〈광야〉와 〈청포도〉 중에서 한 구절씩을 내뱉으며 뺨을 친다.

박석 (이를 악물고) 아가들아 정신차려라, 임마! (유동진의 뺨을 친다)

김이섭 까마득한 날에/ 하늘이 처음 열리고/ 어디 닭 우는 소리 들렸으랴 (박석의 뺨!)

유동진 내 고장 칠월은/ 청포도가 익어가는 시절 (김이섭의 뺨!)

김이섭 다시 千古의 뒤에/ 白馬 타고 오는 超人이 있어 (유동진의 뺨!)

유동진 아이야, 우리 식탁엔 은쟁반에/ 히이얀 모시수건을 마련해 두렴 (박석의 뺨!)

박석 이 曠野에서/ 목놓아 부르게 하리라……. (김이섭의 뺨!)

별똥별이 밤하늘에서 우박처럼 쏟아져 내린다.

암전.

(3) 조선군사령부의 보도부(龍山).

문화부 계장 다까이(高井)와 박석과 조택원(1907-1976, 福川元) 3인.

일본군의 욱일기(軍旗, 영상)를 뒤로 하고, 다까이와 조택원은 사복 차림. 그러나 박석은 고쿠민후쿠[國民服] 차림으로 머리에 센또보시 모자를 쓰고, 다리엔 각반(脚絆)을 칭칭 감고, 신발은 지카다비(布鞋)를 신었다. 그 어색한 옷매무새는 영화배우 채플린처럼 코미디언을 방불케 한다.

다까이 계장은 담배 골초로 쉴 틈 없이 담배를 빨아서 연기를 내뿜곤 한다.

그의 사무책상 위에는 서류 종이 한 뭉치.

다까이 (위아래를 훑어보며) 하하. 야아 ― 복상(박씨) 연극연출가, 근사하무니이다! 고쿠민후쿠 국민복을 정식으로 차려입고…….

박석 다까이 상, 내 옷차림이 어떻소? 멋이 있지 않아요? 허허.

다까이 인제는 복상도 황국신민 다 됐구만! 후쿠가와[조택원] 단장님, 내 말이 맞소이까?

조택원 허허. 그야, 온 나라 국민이 착용해야 할 생활복(生活服) 아닌가요?

다까이 (서류를 한 장 들고) 그런데 후쿠가와 단장님, 이 서류가 옳아요? 이번에 북지황군무용위문공연단(北支皇軍慰問公演團)의 신청서류를 본관이 검토해 봤는데, 딴 단원들의 신상서류는 하자 없이 모두 합격이오. 신의주에 있는 압록강철교의 검문소 통과를 허가합니다. 중국에 입국 가능해요.

조택원   계장님, 감사합니다.

다까이   그런데 문제가…… (박석을 빤히 보며) 으흠! 그런데 문제점이 하나 발견됐소이다.

조택원   (놀라서) 문제점이라뇨? 무무, 무슨 말씀입니까, 계장님! 어디가 잘못, 글자가 틀렸습니까?

다까이   (박석에게) 복상, 생각해 봐요? 세상이 다 알고 있는, 〈홍도야 우지마라〉의 명연출가 박석! 일등 가는 조선의 연극쟁이 박석이가 그래, 위문공연단의 무대감독 직책이라니 말이나 됩니까? 깜깜한 무대의 뒤 구석에나 쭈그리고 앉아서. 차라리 총연출자라면 또 몰라요. 그래도 역시 문제점이 없는 것도 아니지만…… (다시 조택원에게) 연극연출가 복상은 신체제연극 활동에 매양 비협조적 인물이다! 본관의 판단이 틀렸소이까, 후쿠가와상?

조택원   계장님, 아니 그그, 그런 것이 아니고…….

다까이   허허, 변명하지 마시오. 빤히 속셈을 들여다보고 있으니까.

조택원   다까이상, 속셈이란 말씀이 무슨 의미입니까요?

다까이   이실직고, 바른대로 털어놔요!

조택원   아니, 무슨 속셈을 말입니까? 허허.

다까이 본관도 짐작하고 있소이다……. (성냥불을 그어 또 한 대 불을 붙인다)

박석 다까이상, 내 자초지종을 들어보구료. 우리가 서로서로 낯모르는 형편도 아니고, 잘 알고 지내는 처지인데 말요. 사실은 그런 것이 아니고 말야.

다까이 빨리 말해 보시오.

박진 그러니까 '북지황군 무용위문단' 공연준비를 시작할 당시, 그때는 내가 그런 사실을 뒤늦게 나중에사 알았어요. 해서 내가, 요―후쿠가와 단장에게 부탁했어요. 나도 함께 위문공연에 종군했으면 좋겠노라고. 그랬더니만 조 단장 말씀이, 연출자는 벌써 이미 정해져서 연습에 들어갔으며, 마침 무대감독이 필요하다고 해. 그래가지고는 내가 스스로 자원을 했어요. 그렇다면, 좋다! 무대감독은 나, 박석이가 맡겠노라고 말야. 어흠!…… 조택원 단장님이 이실직고, 진실대로 소명해요, 얼른?

조택원 예. 박석 선배님 말씀 말마따나 진실 그대로, 사실입니다, 계장님.

다까이 자기보다 윗사람, 선배님을 고스까이[小事] 같이 부려먹어도 됩니까?

박석 허허, 그런 무슨 해괴한 말씀을. 다까이 상? 나와 조택원 무용가 사이는 불알친구입니다. 수십 년간을 둘 사이는, 형제간처럼 소꿉친구로서 말요.

다까이 그렇지만 그건 아닌데…… (불쑥) 복상, 중국으로 도망치

80

는 것이지?

박석 도망? 아니, 무슨 그런 망측하고 해괴한 어거지 말씀을. 허허…….

다까이 중국으로 탈출, 망명 아닙니까?

조택원 다까이상, 아닙니다요. 천부당만부당한 말씀입니다, 계장님!

다까이 아무래도 수상쩍다니 으흠!……. (사이)

박석 다까이상, 요 박석이는 맹세코 돌아옵니다. 나는 중국을 한번도 여행한 적이 없었고, 해서 차제에, 넓으나 넓은 중국 천지를 구경도 할 겸해서 말요. 허허.

다까이 ……. (잠시 생각하며, 담배 연기를 내뿜는다)

박석 다까이상, 담배를 많이 태우는데요. 하루에 몇 개피나?

다까이 하하. 하루에 두 갑 반. 술 마시면 세 갑쯤 됩니다.

박석 옳거니, 생각났다! 내가 돌아올 때는 라이타(터) 하나 사오겠소. 다까이상한테 귀국선물로서 말씀이야. 우리 계장님께서 담배를 많이많이 피우니까. 허허.

다까이 복상이, 라이타를?

박석 (너스레로) 아암 ― 그래, 그래요. 허허. 다까이상도 그 그―론손(Ronson) 라이타라는 것 알지? 요 박석이가 귀국해서 경성에 돌아올 적엔, 꼭―라이타 하나 사오리다. 귀국선물로서, 최고급품 지포(Zippo) 라이타! 차제에 우리도 멋진 라이타 한 개씩 장만합시다!…….

다까이 ……. (미소를 머금고 본다)

박석 다까이 계장님, 박석이를 믿어요. 그러고 다까이상 마누라님도 여류무용가 아닙니까? 우리들 모두가 같은 예술가 가족끼리인데, 머.

다까이 후쿠가와 단장님, 이 말씀 신뢰할 수 있소이까?

조택원 한번 믿어보시죠, 머. 허허.

다까이 좋소이다! 후쿠가와 단장님은 우리 군사령부의 '촉탁 신분증' 소유자니까 그런 점을 신뢰하겠소이다. 그러나 라이타 때문에 도장 찍는 것은 아니올시다? 하하.

조택원 예에, 압니다. 감사합니다, 다까이 계장님!

박석 ……. (말없이 목례)

다까이 ……. (붉은 인주를 묻혀서, 서류에 쿡 쿡— 도장을 찍어준다. 암전)

◎[영 상] 압록강 철교를 달리는 긴 열차와 기적소리…….

중국 요동반도의 산해관(山海關)을 지나고, 베이징역(北京驛)의 플랫포옴.

특별히 눈에 띄는 점은 표지판 北京의 글자에서 '京'을 '平' 자로 바꿔서 덧씌워놓은 종이 글씨가 바람에 떨어져서 너덜너덜 날리는 풍경이 쓴웃음을 자아낸다.

이 장면은 무언극(pantomime)으로 진행한다.

정거장에 환영나온 진장섭(秦長燮, 1904-?)과 정홍교(丁洪敎, 1903-1978), 백철(白鐵, 1908-1985 白矢世哲), 이진순(李眞淳, 1916-1984) 등 4인이 두 팔을 치켜들고 한쪽에서 등장하고, 빈털

터리 박석과 가방을 한손에 쥔 조택원은 반대편에서 등장, 서로 얼싸안고 웃고 반긴다.

백철과 이진순은 플랜카드를 들고 있다. – '高等룸펜연극쟁이朴石 大歡迎'

박석이가 '北平'의 표지판을 가리킨다. (이하, 목소리)

박석 저 — '경'자 글씨는 어느 놈이 '평'으로 바꾼 거냐?

정홍교 한 나라의 서울 수도(首都)는 자기네 일본의 東京뿐이니까, 같은 글자를 함께 사용할 수가 없단다. 그래서 북경을 '북평'글자로 바꿔 붙인 것이래요. 허허.

진장섭 쪽발이 왜놈들의 얄팍하고 더러운 수작이지, 머.

모두 (파안대소) 하하하!…….

정홍교는 흰 도기(陶器)의 배갈(白干酒) 술병과 술잔(대접)을 들었고, 진장섭은 돼지고기 오향장육(五香醬肉)의 안주를 손에 들고 있다. 정홍교가 술대접이 철철 넘치게 술을 부어서 두 사람에게 권하자, 그들은 단숨에 쭈욱– 들이킨다. 그리고 또 진장섭이가 건네준 장육 안주 한 덩어리를 물컹물컹 씹어 삼킨다.

그들 모두 어깨동무 하고, 동경다방으로 몰려온다.

암전.

(4) '東京茶房'의 간판과 실내('제비' 자리에).

그들은 웃고 떠들며 들어와서, 한쪽 벽에 그 플래카드를 붙여놓는다.

그리고 술병과 안주 거리들이 탁자 위에 가지런히 준비되어 있다.

다방주인 리여사가 한복을 곱게 차려입고 공손히 맞이한다.

박석　　요것이 꿈이냐, 생시냐! 친구들아, 고맙다. 하하…….

모두　　(저마다) 하하, 떵 호아!…… 오늘은 기분 좋은 날이구나!

정홍교　　야하, 야―스톱, 조용히 해라! (두 사람을 향해) 남의 집엘 들어왔으면 주인장에게 초대면 인사, 현신(現身)부터 해야제. 안 그러냐?

박석　　참, 그렇구나. 허허. (박석과 조택원, 엉거주춤 일어난다)

정홍교　　내 옆에 시방 서계시는 요 아름다운 요조숙녀(窈窕淑女)로 말씀하면, 베이징 시내에서 가장 명성 높은 동경다방의 주인 리(李) 아무개 여사! 리여사의 출생지 고향은 저기 우리 막내 이진순과 똑같은 피양[平壤] 출신이십니다! (변사투로)

리여사　　두 분 선생님, 대환영입네다! 진작에 말씀 들어서, 많이 많이 알고 있습네다. 너무나도 반갑습네다. (허리 숙여 다소곳이 인사한다. 두 사람, 답례)

박석　　그래요. 리여사님, 참―반갑습니다. 나는 플래카드에 써 있는 저대로, 고등룸펜 연극쟁이 박진올시다. 그리고 이 멋쟁이 사나이는 세계적인 무용가 조택원 선생.

조택원 주인 여사님, 조택원입니다. 많이 살펴봐 주십시오.

리여사 조선생님은 참말로 멋쟁이십네다……. (목례)

박석 그리고 잘 알고 있겠으나, 여그 진장섭과 정홍교는 나와는 20년 지기(知己)입니다. 이 두 사람은 옛날에 '색동회' 동인들이고 말야. 서른두 살에 일찍 죽은 소파 방정환(小波 方定煥, 1899-1931)과 더불어서 어린이운동을 최초로 펼친 아동문학가들. 그리고 보니까 마해송은 일본 동경에 자리잡아 살고 있고, 그 어린이 동요로 유명한 〈반달〉 말야. 그그, '가기도 잘도 간다 서쪽나라로……' 하는 동요를 작사 작곡한 윤극영(尹克榮, 1903-1988)이는 만주 북간도(北間島)에서 학교 교사로 훈장질을 하고 있다는 풍문이고. 허허. 인생길이 달라서 뿔뿔이 흩어졌구나! 마치 우리네 을사생 친구들처럼. 그런디 백철 씨 그대는 왜 북경에 나타나 있지?

백철 나, 말입니까?

리여사 백철 선생은 북경에서는 일류 명사입네다. 『매일신보』 신문사의 베이징 지사장(支社長)으로 와 계십니다요. 호호.

백철 (손사래 치며) 그런 말씀일랑 접어두고, 박석 선생님 참 반갑습니다! 박석 선생님이 오신다는 소식을 저─진장섭 선배한테 듣고서 마중 나온 것뿐입니다. 허허.

박석 그러면 이진순이 너는?

이진순 나 말입네까? 나도 소식 듣고서 달려왔습니다, 부리나케. 나는 북경에 온 지가 벌써 몇 해째 됐습네다, 선생님.

허허.

박석 그렇다면 북경에서 무슨 일을 해. 나 같은 룸펜생활이야?

진장섭 말마시게. 그냥 먹고 놀고만 있지 않아요. 얼마 전엔 조선 청년을 모아가지고, 연극공연 「춘향전」도 했어요. 허허.

박석 중국 천지에서 우리 연극 「춘향전」을?

백철 말씀 마십시오. 대성황이었지요. 공연이 매우 성공적이었습니다.

정홍교 으응, 그래. 나도 그날 「춘향전」 연극 봤다. 재미있었어요.

조택원 박 선배님, 나는 또 금새 출발해야 하는데?

박석 으응, 참―내 정신 봐라! 여그 말요. 우리 조택원 씨는 또 기차 타고 상해 방면으로 떠나야 해요. 북지황군 위문공연차 왔으니까…… (생각나서, 귓속말하듯) 그리고 말야. 그 지포 라이타 약속 잊지 말아야 돼, 임자? 그 다까이상 계장에게…….

이진순 지포 라이타라니, 그게 무시기 말씀입네까?

박석 쉬잇! 으응, 우리들 사이에 비밀 약조가 한 개 있어요. 지포 라이타!…….

조택원 걱정 마세요. 명심하고, 신사협정은 지킬 테니까. 허허. (손가락을 건다)

박석 그러고말고요. 요번에 나 박석이가 이렇게 북경 땅으로 도망쳐 나올 수 있게 된 것은, 조택원 무용가의 하해(河海) 같으신 은덕 때문입니다! 전적으로, 하하. 자자―박수!…….

모두   ……. (홍소하며 큰 박수)

리여사   호호. 말씀은 천천히 하시고, 우선 먼저 축배들을 하셔야죠!…….

리여사가 돌아가면서 술잔에 술을 부어준다.

사이.

이진순   (작은 소리로) 내 친구, 이해랑(李海浪, 1916-1989)과 김동혁(金東爀, 1916-2006, 東園 개명)이는 극단 현대극장에서 잘 지내고 있습네까?

박석   나도 잘은 모른다. 듣자니까, 이해랑은 신의주쪽 지네 처갓집으로 도망가서 숨었고, 김동혁이도 멀리 함경도로 떠났단다.

이진순   함경도는 왜요?

박석   함경도 어디선가, 우체국의 배달부 노릇을 한다고 말이다. 빨간 가족가방을 어깨에 들쳐 메고. 그리고 무대장치하는 키 작은 이원경(李源庚, 1916-2010)이 있제? 그놈은 시골 어디서 소학교 교원 노릇하고 있대나? 소학교에서 도화(圖畵) 선생, 미술가로 말야…….

이때, 〈홍도야 우지마라〉 노래가 축음기에서 흘러나온다. 깜짝 놀라는 두 사람.

박석	(두리번거리며) 아니, 요것이 뭣이랑가?
조택원	이것, 홍도 노래 아닙니까?
리여사	(은근히) 박 선생님, 놀래지 마시라요! 홍도 노래는 저도 좋아합네다. 그러고 또한 잘 압네다. 호호.
정홍교	동경다방 여기서는 언제나 틀고 그런단다. 그래서 박석이 니놈에 대한 얘기도 자주자주 하고 그랬었지.
박석	아하, 이거야 정말, 고등룸펜이 난생 처음으로 호사하는구나. 나의 친구들, 고마워요! (감동하여 코를 훌적인다)
모두	……. (가볍게 박수)
진장섭	자자―술잔 들어요. 우리 축배 하자! (모두 잔을 든다) 축배사는 동경다방 주인공 리여사가 할까?
리여사	아이, 무시기 황송스런 말씀입네까? 진 선생님께서 하시라요.
진장섭	자―그러면, 으흠!…… 앞뒷말 군소리 죄다 빼고, 그냥 건배 하자. 여기는 중국 땅이니까, 건배는 중국어로 한다? 자―간뻬이!'
모두	(3번) 간뻬이, 간뻬이, 간뻬이!……. (훌짝 마시고, 짝짝 짝 박수 ~~)
박석	나의 친구들아, 노래 한 곡조 부르기로 하자. 곡목은 〈그리운 강남〉이야? 내 나라 경성에서는 금지곡이라고 못 부르게 하지만 북경에서는 괜찮겠지!

모두 무대 앞으로 걸어나와서, 서로 팔짱끼고 몸을 흔들며 노래

한다.

리여사를 중심으로 좌우에 박석과 조택원……

〈그리운 江南〉 (작사 김형원/ 작곡 안기영/ 노래 왕수복)

정이월 다 가고 삼월이라네/

강남 갔던 제비가 돌아오면은……

끝까지 부른다.

암전.

4막

(1) 호텔 '北京飯店'의 화려한 로비, 밤.

샹들리에 전등 불빛이 휘황찬란하다.

소설가 김사량이 한쪽 구석 탁자에 앉아서, 어린이 장난감 기차놀이를 갖고 이리저리 굴려보고 있다. 한동안 길게…….

호텔의 손님들이 왕래한다.

이윽고 박석 등장. 그는 신사복 정장에 물뿌리를 꼬나물고 한껏 멋을 부렸다. 김사량의 맞은쪽 의자에 웃음을 띄고 앉는다.

김사량   아이고, 박석 선생님을 북경에서 뵙다니 반갑습니다! (꾸벅)

박석   나도 동감이고말고. 허허. 그런데 김 소설가도 우리의 조선 학도병 위문차, 베이징에 왔었노라고?

김사량   예, 노천명 여류시인하고 두 사람이 왔습니다. 한 10여 일쯤 됩니다. 그런데 선생님께선, 어떻게 요렇게 일급 호텔에 투숙하고 계십니까요? (둘러본다)

박석   나 같은 건달 룸펜에게도, 쥐구멍에 햇볕 들 날은 있다니!……. (지포라이터로 담뱃불을 붙인다)

김사량   (놀래서) 아니, 그 귀하고 멋진 지포라이타까지?

박석   허허…… (사이) 요런 장난감 기차는 뭔가?

김사량   집에, 다섯 살짜리 큰놈에게 선물하려구요. 젖애기 계집 아이도 하나 있으니까, 남매를 두었습니다. (장난감을 보자기에 싼다) 생각해 보니까, 박석 선생님은 진정으로 큰 결단을 내리셨더군요! 요번 참에…….

박석 큰 결단은 무슨, 허허. 서울생활이 하도 답답하고, 연극쟁이들 하는 꼬라지 꼴 보기 싫어서, 도망쳐 나온 것뿐이라네.

김사량 결국은 망명 아니십니까?

박석 망명이라니 나 같은 졸부(拙夫)에게는 당치도 않아요. (천장의 샹들리에를 훑어보며) 그나저나 친구들이 한껏 생각해줘서, 요렇게 훌륭하고 좋은 호텔 방에다 잠자리를 마련할 수 있었으니 감사덕지야. 진장섭과 정홍교 내 친구들이 앞장을 서고, 동경다방 리여사가 각별하게 도움을 주고 말일쎄. 나 같은 룸펜을 '오라버니, 오라버니' 하면서 헌신적이에요. 수억겁, 전생(前生)의 은인을 만난 격이라니까! 허허.

김사량 박 선생님의 덕망과 인격이 아니겠습니까?

박석 그건 그렇고, 김 소설가도 조선에 귀국하지 않을 결심이라고?

김사량 지난해 작년에도 상해에 들어가서, 비밀스럽게 염탐해 보고 그랬었습니다. 한 나라의 소설가가 구석방 서실(書室)에만 처박혀 있어서 되겠습니까? 조국의 광복과 민족해방을 위해 이역만리(異域萬里) 산야(山野)에서 투쟁하는 애국열사들의 모습을, 나의 눈으로 직접 보고 나의 손으로 기록하고, 또 그것들을 조선동포에게 전달하는 것이 작가의 도리이자 역사적 책무가 아닌가 하는 생각이 들어서…….

박석 대단한 결단이구만, 김 작가! 그렇다면, 어느 곳으로?

김사량 요즘은 우리의 조선인 학도병들이 일본군 부대를 탈출하여, 백범 김구(白凡 金九, 1876-1949) 주석님이 계시는 중경임시정부(重慶臨時政府)나, 또는 연안(延安)의 태항산(太行山)에 있는 조선의용군사령부(朝鮮義勇軍司令部)를 찾아서 망명한다고 합니다. 그래서 저는 연안 쪽으로 찾아갈 생각입니다.

박석 연안은 공산주의자들 아닌가?

김사량 예에. 저도 잘 알고 있습니다. 그러나 중경은 장장 6천 리 길이라서 너무너무 멀고, 화북지구 태항산은 조금은 가깝습니다요. 허허.

박석 어쨌거나 몸조심 하시게나! 나 같은 40대 중늙은이로서는, 딱히 해줄 말씀이 없음이야. 으흠!…… (한숨을 쉬며, 라이터의 담뱃불을 붙인다) 그런디 요런 비밀 사실을, 노천명 시인은 숙지하고 있는가?

김사량 아무런 말도 안했습니다. 그러나 눈치를 챌 순 있겠지요. 내일은 경성으로 귀국해야 하는데, 나는 혼자 떨어져서 남쪽으로 여행을 계속하겠노라고 말했으니까요. 허허. (사이) 여기 북경반점은 조선 사람들이 단골인 모양이죠?

박석 그건 그래요. 한마디로 복마전이야! 사기꾼 도적과 온갖 잡색(雜色)들이 설치고, 일본 헌병대의 스파이놈과 영사

관에 선을 대고 있는 밀정(密偵)들이 득시글득시글해. 그 뿐인가? '북지황군' 위문차로 찾아오는 예술가 문학자들도 북경반점이 단골이야. 팔봉 김기진(八峰 金基鎭, 1903-1985, 金村八峰 가네무라 야미네)과 그 문인들 하며, 음악 하는 현제명(玄濟明 1903-1960, 玄山濟明 구로야마 즈미아키)이가 '고려교향악단'을 데리고 왔었고, 여류성악가 김천애(金天愛 1918-1995, 龍宮天愛)도 지나갔었지. 갖가지 내로라하는 예술가들이 뻔질나게 드나들어요. 그러고 생각하니까 예술가들 중에서 친일분자 아닌 자를 찾아보기 난감하다니! 허허. 10년 가뭄에 콩 나기라고나 할까. 가만 있자! 친일파 분자 아닌 예술가들이 몇이나 될까? (손가락을 꼽아보며) 내 나이 위쪽으로는 수주 변영로, 공초 오상순, 홍노작 사용과 월탄 박종화, 소설가 이태준, 춘강 박승희와 홍해성. 홍해성은 대구 생가에서 신병으로 칩거 중이고. 그러고 황해도 구월산에 있는 최독견…… 우리네 밑으로 30대는 또 누가 있나?

김사량   청년 문인으로 김동리(金東里, 1913-1995)와 황순원(黃順元, 1915-2000)이가 있고, 그러고 청록파 3인방 조지훈(1920-1968) 박두진(1916-1998)과 박목월(1916-1978) 시인 정도 아니겠습니까?

박석   김사량 그대는, 연전에 「태백산맥」(太白山脈) 소설을 하나 발표했었지?

김사량   부끄럽습니다. 『국민문학』에다 일본어로 연재했었습니다! 허허.

박석 너나없이 힘들고 어려운 시절이야!…… (지포라이터로 담뱃불을 붙인다) 그리고 말야. 중국 북경은 경성, 서울보다는 한결 나은 것 같아. 저―천안문(天安門) 광장에나, 여그 북경반점이 자리잡은 동단패로(東單牌路) 길거리를 나가보면 전쟁하는 나라 같지를 않아요. 중국 사람은 유유자적하고, 그야말로 만만디(慢慢的)라니! 반짝반짝 빛나는 자전거를 탄 젊고 예쁜 처녀애들이 반팔샤쓰에 넓적다리가 다 드러난 짧은 바지를 입고, 얼굴에는 선글라스 색안경, 신발은 색색가지 운동화를 신고, 휘파람을 불면서 경쾌하게 달려가는 모습이 얼마나 평화로운 광경인가 말야. 허허.

김사량 중국 대륙은 땅덩어리가 광대하고, 인구 숫자도 4억입니다. 섬나라 일본과는 비교조차 안 됩니다. 당랑거철(螳螂拒轍) 형국이죠. 요 새끼손가락보다 작은 사마귀란 놈이 굴러오는 수레바퀴에 달려드는 격이라고나 할까요?

박석 (수긍하며) 허허……. (담배를 한모금 빨아 연기를 내뿜는다)

김사량 선생님, 저 같은 놈이 뇌까릴 말은 아닙니다만, 전세는 기울어졌다는 생각입니다!

박석 왜?

김사량 자―보십시오. 일본군 항공기는 한 대도 없이 전멸 아니겠습니까? 연합군에게 완전히 제공권(制空權)을 빼앗긴 것입니다. 밤낮 없이 미국 비행기만 날아와서 폭격을 해

대고 말씀입니다. 그러고 난징정부[南京政府]의 왕징웨이, 그 왕정위(王精衛, 1883-1944)란 인물도 작년 연말에 일본 나고야에서 죽었답니다.

박석   무엇 때문에?

김사량   모르겠습니다. 무슨 병이 들어서, 병사(病死)겠지요. 그 왕정위가 곧바로 중국의 '한간'(漢奸) 아닙니까? 선생님, '한간'이란 뜻 알고 계시죠?

박석   그것이야, 알고말고. 허허. 한나라 한자(漢字)에다가 간신(奸臣) 하는 글자를 보태서 한간이라고 부르면, 매국노란 의미 아닌가? 우리 조선의 매국노 송병준과 이용구라든지, 을사오적(乙巳五賊) 이완용 같은 자들……

김사량   그러고 보니까 생각나는군요. 금년 봄에, 유동진 선생의 〈현대극장〉에선 죽은 왕정위를 추모하여 추도극(追悼劇)까지 공연하지 않았습니까? 작품 제목은 「백야」(4막 김단미 연출). '흰백' 자에 「밤야」를 써서 '하얀 밤', 「白夜」 말씀입니다. 작품 집필은 젊은 놈 함세덕이가 맡았구요.

박석   그 인간들, 똥인지 된장인지 구별도 못하는구만! 쯧쯧……

김사량   만주국의 푸이 황제같이, 왕정위란 인물도 일제가 내세운 허수아비, 꼭두각시였을 뿐입니다. 아무런 여차한 실력도 없고, 중국 인민의 지지를 못 받고, 민족의 영원한 수치이자 역사의 죄인 아니겠습니까!……

이때, 노천명이 홀을 두리번거리며 등장. 김사량이 손을 번쩍 치켜들고,

김사량 누님, 이쪽이오. 여기, 여기…….

노천명 ……. (달려와서) 선생님, 그동안 안녕하셨어요? 호호.

박석 하하. 노천명 시인, 반갑습니다. 그런데, 서로 간에 누님 동생 사이인가?

김사량 나보다는 3년 연상이라서, 평소엔 그렇게 부릅니다. 허허. 앉아요, 누님.

노천명 으응, 그래애. (앉는다)

김사량 (보퉁이를 내밀며) 누님, 요것을 좀 부탁합시다. 고향 집에다가, 내가 전보를 벌써 쳐뒀어요. 누님이 열차편으로 경성에 돌아갈 때, 평양역을 통과하실 것 아니유? 그러면 내 집사람, 마누라가 정거장의 플랫폼, 승강장에 나와서 기다릴 겝니다. 그러니까 요 보따리를 전달해 주면 돼요. 간단해요, 허허.

노천명 그래애. 알았어요. 걱정 마.

김사량 감사합니다, 누님.

노천명 감사하기는, 머. 그대 마누라님에게 서방님, 남편의 알뜰한 사랑까지 듬뿍듬뿍 얹어서 전해줄게! 호호.

김사량 누님의 은혜, 잊지 않을게요.

박석 (일어나며) 자자 — 저쪽에, 호텔 레스토랑으로 자리를 옮기자. 내일은 서로들 헤어질 테니까 이별주라도 한잔 해야

지. 오늘은 어른이 한턱 쓰마! 여그 북경반점의 청(淸)요
리(중국음식)는 먹음직하고 풍성하고 유명해요. 백간주, 배
갈의 향기도 좋고 맛있어요! 냉큼 일어납시다? 엉거주춤
앉아 있지 말고, 하하.

두 사람 박석 선생님, 감사합니다. 이 은혜 잊지 않겠습니다! 호
호……. (꾸벅)

이때 공습경보 사이렌이 불시에 울리고, 샹들리에의 모든 전등 빛
이 꺼지면서 깜깜한 어둠으로 변한다.
세 사람, 탁자 밑에 쭈그리고 엎드린다. 손님들 우왕좌왕 한다.
멀리서, 전투기의 기총소사와 폭격기의 폭탄 터지는 소리…….
암전.

(2) '부민관' 대강당.
◎[동영상] – 일본군가 〈애국행진곡〉이 잠시 흐르고, 현수막 간판.
현수막 내용 – '忿怒하는 亞細亞 – 演劇人總蹶起藝能祭'를 주문으로
하고, 위쪽 문자 '鬼畜米英을 擊滅하자/ 大東亞共榮圈을 建設하자',
밑에는 '主催 朝鮮演劇文化協會/ 後援 朝鮮總督府 國民總力朝鮮聯
盟 朝鮮文人報國會 京城日報社 每日新報社'

무대 가득히 연극인들이 도열해 있다. 그들은 각각 깃발을 치켜들
고, 구호문과 이름(姓名)이 박힌 어깨띠를 두르고 있다.

성명 : 柳東鎭 李軒求 山川實(宋影) 志摩貫(金兌鎭) 朴英鎬 趙鳴岩 林中郎(林仙圭) 大山世德(咸世德) 安部英樹(安英一) 木元是之(李曙鄕) 朝倉春明(朴春明) 萬代伸(申孤松) 松村英涉(朱英涉) 福川元(趙澤元) 盧天命 靑木沈影(沈影) 平野一馬(黃鐵) 松岡恒錫(徐恒錫) 牧山瑞求(李瑞求).

어깨띠 문자 : 內鮮一體 米英擊滅 同祖同根 同心一家 萬世一系 一視同仁 鬼畜米英 一億玉碎 鮮滿一如 日鮮同祖 新體制國民演劇

'국민복'의 아베회장이 연설문을 안주머니에서 꺼내 읽는다.

아베회장 (연설문) 금일은 반도의 전조선 연극예능인들이 미영귀축의 격멸과 대동아공영권의 평화를 위하여, 총후(銃後) 황국신민으로서 필승결의와 각오를 다짐하는 시간입니다. '싸우는 연극인'으로서의 함성(喊聲) 없이 새 시대의 '신체제국민연극'은 융성 발전하지 못합니다. 결전태세(決戰態勢)의 연극예능인은 가장 긴급한 국가시책인 징병제와 생산증강을 위해서 총력 후원해야 합니다. 모든 연극예능인의 활동은 도시 대중뿐만 아니고, 농어촌 산촌과 생산공장까지 요원의 불길처럼 활활 불타올라야만 합니다. 신체제연극인은 각자가 연극전사(演劇戰士)로서 무대가 곧 전쟁터, 전장(戰場)이라는 결사적인 예술가 정신을 발휘해야 할 때입니다. 그리하여 천황폐하의 팔굉일우

의 대이상을 실현하고, 대동아의 백년, 천년 만년의 평화
와 번영을 위해 끝까지 우리는 적성(赤誠)을 다하고, 모두
다 함께 기뻐하고, 삼가 황은의 광대무변하심에 감격해
마지않아야 할 것입니다. 대동아공영권의 건설과 번영
을 위하여, 바야흐로 역사적 위업 속에서 실현하고 확고
히 달성합시다!
— 조선연극문화협회장/ 조선총독부 정부과장 아베 다
스이치(阿部達一)

모두　　짝짝 짝……. (감동의 박수)

한 걸음씩 앞으로 나서서 구호(캐치프레이즈)를 외친다. 나머지 사
람들 복창한다.

구호　　"조선인은 황국신민이다" "우리는 연극전사로서 본분에
매진하자" "귀축미영을 격멸하자" "대동아공영권의 건
설과 평화를 달성하자" "천황폐하를 모시고 팔굉일우의
대이상을 완수하자" 등등…….

모두　　(아베 회장의 先唱을 따라서) 덴노헤이카 반자이!(천황폐하 만세)
다이닛폰데이코쿠 반자이!(대일본제국 만세)……. (열렬히, 3창)

◎[동영상] — 가미카제특공대[神風特攻隊]의 비극적 장면
(YouTube)

그 영상 앞에서 서정주(未堂 徐廷柱, 1915-2000 達城靜雄)가 자
작시를 낭송한다.

〈松井伍長 頌歌〉(마쓰이 오장 송가) — 마쓰이 히데오(松井秀雄)

아아 레이테만(灣)은 어데런가
언덕도
산도
뵈이지 않는
구름만이 둥둥둥 떠서 다니는
몇천 길의 바다런가

아아 레이테만은
여기서 몇만 리런가

귀 기울이면 들려오는
아득한 파도소리……

마쓰이 히데오!
그대는 우리의 오장 우리의 자랑
그대는 조선 경기도 개성 사람
인씨(印氏)의 둘째아들 스물한 살 먹은 사내

마쓰이 히데오!

그대는 우리의 가미카제 특별공격대원
구국대원(救國隊員)⋯⋯

원수 영미의 항공모함을
그대
몸뚱이로 내려쳐서 깨었는가?
깨뜨리며 깨뜨리며 자네도 깨졌는가

장하도다
우리의 육군항공 오장 미쓰이 히데오여
너로 하여 향기로운 삼천리의 산천이여
한결 더 짙푸르른 우리의 하늘이여

아아 레이테만은 어데런가
몇 천 길의 바다런가

귀 기울이면
여기서도, 역력히 들려오는
아득한 파도소리⋯⋯
레이테만의 파도소리⋯⋯
(시의 일부)

암전.

(3) 김이섭이 찻집 '제비'에 앉아, 〈가미카제특공대〉 영상을 바라보고 있다. 친일유행가 흐른다.

〈감격시대〉 (작사 강해인/ 작곡 박시춘/ 노래 남인수)
거리는 부른다 빛나는 숨쉬는 거리다
微風은 속삭인다 불타는 눈동자
불러라 불러라 불러라, 불러라 거리의 사랑아
휘파람을 불며가자 내일의 청춘아⋯⋯

이윽고 이헌구 등장. 그는 다방에 들어서다가, 그의 어깨띠를 냉큼 풀어서 당황한 듯 바지주머니에 구겨 넣는다. 그의 앞자리에 앉는다.

이헌구　많이 기다렸지?

김이섭　레코드에서 나오는 남인수 노래, '휘파람을 불며가자 내일의 청춘아⋯⋯'를 감상하고 있었지요. 허허. 저─유행가처럼 신나고 즐겁고, 얼마나 살기 좋은 세상인가 말이다! 소천, 너는 요즘에 하는 일이 많은 모양이지?

이헌구　이것저것, 그냥 좀 그렇다. 허허.

김이섭　코히(커피) 한잔 들어?

이헌구　웅, 그래애. (안에 대고) 마담상, 여기 코히 한잔?

마담　(목소리) 예에.

김이섭　이헌구야, 나는 이런 생각을 하고 있었다. 우리 둘이 서로 친구가 되고, 우정을 맺은 것이 20년쯤 되지, 아마? 그 시절에 만나서, 맨처음이 어떻게 됐더라?

이헌구   뜬금없이, 무슨 객적은 소리냐!

김이섭   기억이 잘 안나요. 말해 봐?

이헌구   짜식, 엉뚱하기는, 허허. 너하고 나하고 초대면한 것이 어디선지 까묵었어? 그때는 말이다. 와세다대학교 강당에서야. 너는 영문학과 1학년, 나두 불문학과 1학년 입학생. 그래갖고 조선인 학생의 신입생환영회 자리에서, 생면부지(生面不知), 맨처음으로 말이다. 그런데 수인사(修人事)를 하고보니까 깜짝 서로들 놀랬었지. 나는 함경북도, 그 명태 해산물로 유명한 명천군(明川郡) 출신인데, 너도 똑같은 함경도야! 그 함경북도 경성군(鏡城郡)의 어대진(漁大津) 바닷가 태생 아냐? 하하. 그래서 우리 둘은 유독히 친절하게 사귀게 됐었지. 그 고단하고 힘든 자취생활을 한솥밥 먹으면서 시작한 것이 오늘날까지 아니더냐? 그러고 보니까 김이섭이 너와 나는, 참으로 길고 긴 인연이고, 오랜 세월에 따뜻한 우정(友情)이었구나! 얼굴을 서로서로 붉히고, 우리는 말싸움 한번 걸어본 적도 없이…….

김이섭   그래서, 붕우유신(朋友有信)인가?

이헌구   붕우유신? 허허. 그까짓 삼강오륜(三綱五倫)까지 들먹일 것은 아니고…….

김이섭   헌구야, 내 생각인데 말야. 너 그, 보국회 때려치우고 안

나갈 수 없겠냐?

이헌구 (당황하여) 그야 뭐뭐!…… 돌아가는 세상사 형편이 그렇잖아? 나도 그런 생각이 쥐뿔도 없는 것은 아니다만…….

김이섭 불혹의 40대 나이라서, 우리의 인생길에 할 말을 꾹―참고, 호상 간에 모른 체하면서 지내왔었다. 친구는 친구끼리 서로 간섭하지 말고, 한마디 말도 아껴가면서 말야. 저―북경으로 도망친 박석이, 친일연극「신체제」에 몸 바친 현대극장의 유동진, 서대문 감옥소의 나, '조선문인보국회'의 이헌구 너…… 세상살이란 종국에는, 역사와 민족 앞에 맞서다가 당당하게 죽어간 자, 혹은 민족과 역사 앞에 굴신하고 아첨하면서 더럽게 살아남은 자, 두 계급으로 나누어진다! 죽어간 자는 까맣게 흔적도 없이 무명인(無名人)으로 지워지고, 살아남은 자는 아마도 대대손손 부귀영화를 누릴 것이다. 헌구야, 한마디만 물어보자. 『춘추』잡지에 니가 발표했던 그 논설문 말야.「華盛頓에 日章旗를 날리라!」고? 그건, 아메리카 미국의 수도 와싱톤(워싱턴)에다가 일본제국의 히노마루 깃발을 꽂아보겠다는 욕심이고 소망이겠지. 니네들은 그런 짓이 실현 가능이라고, 참말로 믿고 있다는 것이냐? 택(턱)도 없는 소리, 어림없다! 그따위 어리석은 우물 안 개구리 같은, 잠꼬대 같은 망상은 꿈꾸지도 마라…….

(잠시 대화가 끊어진다)

마담　……. (커피잔을 이헌구 앞에 가만히 놓고, 말없이 다시 퇴장)

이헌구　……. (커피잔에 설탕을 넣고 휘저어서, 한 모금 맛본다) 니 말마따나, 우물 안 개구리 같은 우리가 무엇을 알아? 깜깜한 눈 뜬 봉사들이지!

김이섭　(뱉듯이) 지금은 광기와 절망과 거짓의 시간이다! 앞길이 깜깜하고 끝이 보이지 않는다. 절망과 암흑의 시대, 광기와 야만이 판을 치고 있다. 온 세상이 미쳐가고 있구나. 희망도 없고 미래도 없어요. 미쳐가고 또 미친 오욕의 역사야! 전에도 한번 내가 말한 적 있었지? 그 감옥소에서 만난 현산 노인장은 세상을 바라보는 형안을 가지고 계셨다. 그 어른이 말했어요. 반드시, 일제는 역사의 죄악이고 가까운 장래에 망한다고. (비감하여) 생각하면, 그 노인장이 서대문형무소를 죽어서 나올지 살아서 나올지, 어느 누구도 감히 장담할 수가 없어요. 어떤 자들은 더운 밥 국 말아서 배 불리 처묵고, 등 따습게 단잠에 취해서 호의호식하고 있을 적에, 독립운동가 그들은 무엇을 위하고, 누구를 위하고, 무슨 보답과 영광을 위해서, 그와 같은 신산고초를 겪어야 한단 말이냐! 누구 한 사람 아무도 알아주는 이가 없으며, 무명인으로 역사 속에 남아서, 바람처럼 낙엽처럼 그렇게 사라지고 잊혀질 것이다. 그네들은 허허벌판 광야(曠野)를 두 손 호호—불면서 헤매이고 달려갔었다. 살갗이 찢어지는 아픔과 고통 속에서 살인적인 고문(拷問)을 견뎌내야 하고, 제국일본의 생산증강을 위해 강제노역(强制勞役)에 시달리고, 일본 황군의 노리갯감 위안부 정신대(挺身隊)가 되었으며, 차가운 감옥방 안에서 배고픔을 참고 참아가며 새우잠을 자고 있었다. 다만 꿈속에서나마, 실낱같은 기쁨과 행복을 맛보고자 말씀이야!⋯⋯. (고개를 숙이고 울음 운다)

이헌구 ⋯⋯. (그의 손수건을 꺼내 준다)

김이섭 (수건을 받아 눈물 닦고, 혼잣말) 내가 오늘 왜 이러지? 미안하다, 이헌구! 내가 울컥— 했어요. 무슨 이바구를 하다가 요렇게 됐지? 으흠!⋯⋯ (감정을 추스리고) 그리고 또 서대문형무소에는, 동남아(東南亞)의 비루마(버마)전선에서 잡혀온 영미포로들 10여 명도 있었다. 그 가운데는 호주(濠洲)의 멜본(멜버른)대학 교수 출신도 있었고, 영국의 똑똑한 청년장교도 있었어. 그 포로들이 하는 말. 이번 전쟁은 일본제국주의의 무모한 도발이었으며, 이미 벌써 전세는 기울어져서, 해가 뉘엿뉘엿 서산(西山) 에 걸린 황혼(黃昏)이라고 하더라.

이헌구 그와 같은 국제정세를 우리는 챙겨볼 수도 없지. 안 그러냐?

김이섭 (단호하고 담담하게) 일제는 망한다! 아암—망하고말고. 시간문제일 뿐이다. 저놈들은 살아있는 사람을 인간폭탄(人間爆彈)으로 만들어서 개죽음을 시킨다. 생사람이 자살무기가 되고 인간폭탄이 되는 시절이야. 생떼 같은 조선청년을 죽여 놓고는, 그를 지칭하여 군대의 귀신, 군신(軍

神)이라고 장광설을 늘어놓는다. 일억옥쇄(一億玉碎) '이치 오쿠교쿠사이'와 자살특공대라니! 인간생명에 대한 존엄도 없고, 인간양심의 수치도 모르고, 인간 도리는 땅바닥에 떨어졌어요!…… (남의 얘기하듯) 허허. 이야기 하나 더 하자. 만기출옥으로 내가 형무소에서 나올 적에, 책 두 권을 선물하고 왔다. 하나는 우리나라의 『조선역사』(朝鮮歷史), 또 한 권은 대학 시절에 공부했던 『영미시선』(英米詩選) 원서(原書). 그때는 그 원서 책값이 비쌌다. 영본국(英本國)으로부터 직수입한 책이라고 해서 말야. 역사책은 현산 노인장에게, 그리고 20년이나 된 너덜너덜 낡아빠진 영어시집(英語詩集)은 영국인 포로한테. 그러자 그 청년장교가 '땡큐 베리 마치!' 하면서 무슨 말을 지껄인 줄 알아? 이놈의 지긋지긋한 전쟁이 끝나면 영국으로 놀러오라고. 자기가 런던의 웨스트민스터 궁전 북쪽에 있는 유명한 빅벤(Big Ben) 시계탑과 민주주의 전당 국회의사당을 구경시키고, 또는 대문호(大文豪) 셰익스피어의 탄생지, 에이본 강이 흘러가는 아름다운 스트랫포드(Stratford-upon-Avon)를, '고요한 아침의 나라'(The Land of the Morning Calm), 동방의 조선국 시인 김광섭에게 안내하겠노라고 말이다! 허허…….

◎[영 상] 이 대사 중에 3장면이 나타난다.

1) 형무소의 홍제원농장(弘濟院農場) – 죄수를 감시하는 망대(望臺)

가 보이고, 무 배추 콩 등 채소밭에서 일하고 있는 미영포로(米英捕虜) 10여 명.

2) 채석장의 현산 노인.

3) 파일럿 모습의 가미카제 특공대원 마쓰이 히데오(印在雄).

김이섭 (분노하여) 자 ― 봐라, 이헌구! 자살특공대의 저 ― 얼굴을? 가미카제 톳코타이! 새파란 청소년이 왜 인간폭탄이 돼서, 청천 하늘을 날아가야 한단 말이냐! 조선의 아들들이 왜 일본제국의 총알받이가 되고, 조선 사내들은 왜 탄광으로 끌려가며, 앳된 숫처녀 딸들은 정신대와 군수공장으로, 왜 강제동원되고 말야. 에잇!…….

김이섭이 불끈 일어나서, 쥐고 있던 찻잔을 영상의 벽을 향해 돌진하듯 내던진다. 찻잔과 기물들이 깨지고 부서지는 소리…….

◎[영　상] 처참하게 불바다로 변하는 미군의 '東京大空襲'(도쿄 다이쿠슈) 장면. 이어서 번쩍 하는 섬광(閃光)과 함께 히로시마(廣島)의 원폭(原爆) '리틀보이'(Little Boy)의 괴물 같은 버섯구름이 솟구쳐오른다.

(4) 일본의 항복방송.

쇼와천황(昭和天皇) 히로히토(裕仁)의 찌익찌익― 잡음 섞인 무조

건항복(無條件降伏) 라디오 방송의 목소리가 흘러나오고, 동시에 3장면이 나타난다.

박석은 북경의 동경다방에서 주인 리여사 및 여러 손님들과 함께. 흰 종이에 쓴 벽보가 눈에 띈다. "茶房을 無料로 개방하오니 누구든지 들어와서 라디오 방송(廣播 중국어)을 들으시오!!"

김이섭은 그의 운니동 집 골방에서 쭈그리고 앉아 그 방송에 귀 기울이고 있다.

무대 앞쪽의 유동진은 항복방송이 있는지도 모른 채 〈약초국민극장〉(스카라극장)의 무대에서 여배우와 연극연습 중(마임)…….

공연간판 : '劇團 現代劇場 大公演/ 『산비들기(山鳩)/ 朴在成(1914-1947) 作

柳致眞 演出/ 公演 若草國民劇場/ 昭和二十年 八月 十三日'

이윽고 동경다방에서는 사람들이 얼싸안고 "만세! 만세!", "완시, 완시"(중국어) 소리치며 환희의 기쁨을 나누고, 김이섭도 벌떡 일어나서 두 주먹 불끈 치켜들고 혼자서 외친다. "조선독립 만세! 조선독립 만만세!" "조선독립 만세다", 하하하……

그러나 유동진은 세상모르고 연극연습에 몰두하고 있다.

◎[영　상] "만세, 만세!" 하는 함성이 천지를 뒤흔들고, '解放, 解放!!'의 깃발을 흔들어대는 경성 시내의 군중 및 태극기 물결~~(한동안 길게)

■ 밤하늘의 찬란한 별밭과 별똥별(流星)〜〜

박석은 동경다방에 홀로 앉아서 〈홍도야 우지마라〉를 들으며 하얀 그릇의 배갈 술잔을 들이켜고 있다.

유동진은 그의 집 뒤란의 캄캄한 한구석에서 친일연극의 '포스터와 서류' 더미를 불태운다.

김이섭은 무대 위쪽의 골방에서 걸어 나와서 그의 자작시를 읊는다.

〈저녁에〉

저렇게 많은 중에서
별 하나가 나를 내려다 본다
이렇게 많은 사람 중에서
그 별 하나를 쳐다본다

밤이 깊을수록
별은 밝음 속에 사라지고
나는 어둠 속으로 사라진다

이렇게 정다운
너 하나 나 하나는
어디서 무엇이 되어
다시 만나랴.

(전문)

시나브로 별들이 사그라지고, 幕 내린다.

(끝, 丙申年 2016. 11. 1.)

** (孫女 '盧胤芝'가 출생한 지 1개월 5일째 되는 날에,
할아버지가 손녀를 기념하여 적어둔다)

■ 참고문헌

- 김광섭,『나의 옥중기』창작과비평사, 1976
- 박 진,『세세연년』출판회사 세손, 1991
- 고설봉/장원재 정리,『증언 연극사』도서출판 진양, 1990
- 동랑40주기추모문집,『동랑 유치진』서울예술대학교출판부, 2014
- 서대문형무소역사관,『독립과 민주의 현장』, 2010
- 서연호,『식민지시대의 친일연극』태학사, 1997
- 선안나,『일제강점기 그들의 다른 선택』피플파워, 2016
- 양승국,『월북작가대표희곡선』도서출판 예문, 1988
- 양승국,『해방공간대표희곡 1』도서출판 예문, 1989
- 유민영,『함세덕희곡선』새문사, 1989
- 유민영,『한국근대연극사』단국대학교출판부, 1996
- 유민영,『한국연극의 아버지 동랑 유치진』태학사, 2015
- 유민영,『한국연극의 巨人 이해랑』태학사, 2016
- 이재명,『일제 말 친일 목적극의 형성과 전개』소명출판, 2011
- 임종국,『친일문학론』평화출판사, 1966
- 임종국/이건제 교수,『친일문학론』민족문제연구소, 2013
- 정운현,『나는 황국신민이로소이다』개마고원, 1999
- 정운현,『친일파는 살아있다』책보세, 2011
- 정운현,『친일파의 한국 현대사』인문서원, 2016
- 박영정,「동랑 유치진, 1905-1974」(논문), 2004
- 여석기,「柳致眞과 愛蘭演劇」(논문), 1987
- 홍선영,「전시 예술동원과 국어극」(논문),『일본문화연구』47집, 2013

살아있는 작가정신과 지성적인 소재의 작품

서연호 (고려대학교 명예교수)

극작가 노경식(1938~)의 신작 〈봄 꿈〉과 〈세 친구〉가 발표되었다. 신춘문예 희곡 〈철새〉(1965)가 수록된 제1희곡집(연극과인간, 2004) 출간에 이어, 지난 15년 동안 꾸준히 계속된 희곡집 정리의 결과로 제8희곡집(도서출판 행복에너지, 2019.10)에 이르렀다. 아직 온기가 그대로 남아있는 이 희곡집에 두 신작이 수록되었다. 자기 희곡집 한 권 남기지 못한 채 작고한 지난 시대의 숱한 극작가들에 비하면, 노경식은 여덟 번째의 작품집을 낼 만큼 풍요로운 시대의 작가인데다 무척 부지런한 노력형 창작가라 할 수 있다. 〈철새〉의 관람을 시작으로 최근의 〈반민특위〉(2017) 관람에 이르기까지 그와 동시대를 지내 온 필자로서는, 그의 지극한 노력에 경의를 표하고 아울러 그의 뚝심 있는 예술정신을 소중하게 평가한다. 최근 우리 극작계에서 노경식 같이 견실하고 순직한 창작을 찾아보기 어렵다는 측면에서 그의 존재는 더욱 돋보이고 있다.

봄꿈에 대한 우리의 이미지는 온몸이 나른한 상태의 몽환 같은 허전한 느낌과 새로운 각오와 새 출발을 다지는 의지의 힘이다. 추운 겨울이 지나면 한반도에 봄이 찾아온다. 겨우내 떨며 움추렸던 몸은 따뜻한 온기에 긴장이 풀어지며 자신도 모르게 졸음이 몰려온다. 그리고 아지랑이 속에서 사람들은 행복한 몽환에 빠지게 된다. 문득 한바탕 봄잠을 깨고나면, 주위의 약동하는 온갖 자연과 생물들의 신기운에 뒤질세라 사람들은 신바람을 느끼며 갑자기 일에 대한 의욕을 느끼게 되는 것이다. 이것이 우리가 봄을 맞으며 출발하는 삶이다.

〈봄 꿈〉에는 이런 이미지가 녹아들어 있다. 미국에서 양아들을 대동하고 서울 수유리의 4.19묘지를 찾아 온 노부인 난희는 마지막 장면에서 자신을 반기는 흰나비를 만난다. 그녀는 흰나비를 60년 전 대학생 연인 차윤호의 혼령과 동일시하며, 그를 위해 한바탕의 춤을 춘다. 그리고 일생을 그리며 품었던 소망을 말한다. "하늘같이 높은 대학생! 이승에서 고단한 꿈을 접으시고, 하늘나라에서 꿈과 평화와 행복을 누리소서!" 그녀는 비행기를 타기 위해 다시 인천국제공항으로 발길을 옮긴다.

〈봄 꿈〉은 난희의 회고담을 통해 재현되는 연극이다. 전형적인 플레쉬 백 사실극이다. 희귀하게도 4.19 학생혁명을 배경으로, 그 당시의 사회와 대학생 윤호와 창녀였던 난희의 상황을 중심으로 엮어가는, 젊은 세대의 투지와 사랑을 그렸다. 희귀하다는 지적은, 4.19를 다룬 작품으로 이용찬(1927~2003)의 〈젊음의 찬가〉(1962) 이외에 필자는 아는 작품이 없는 까닭이다. 윤호와 난희의 처지를 동시대적인 전형적 성격으로 부각시킨 것이 이 작품의 신선미라 할 수 있다. 흔히 대학생과 창녀의 사랑이라고 하면, 지난날 낭만적인 신파조를 연상하는 것이 우리의 실정이다. 그러나 이 작품에서 두 사람은 주어진 사회현실에 적응하며, 한편으로는 저항하며 진실하게 젊음을 발산한다. 윤호는 데모 도중에 경찰의 무차별적 총기발사로 쓰러졌고, 난희는 서울역 건너 양동의 창녀촌에서부터 동두천의 양공주 생활을 거쳐 미국인과 국제결혼 한 여자이다.

윤호의 죽음을 뒤늦게 알고 난 뒤에 난희는, 자신이 그의 아이를 인태한 사실을 느낀다. 주위 사람들은 창녀에게 '아이라니?' 하며, 낙태를 권유한다. 그녀는 한사코 아이를 낳고 싶어 한다. 그러던 어느 날, 그녀는 동두천 거리에서 실신하고 자신도 모르게 낙태를 하고 만다. 그 후, 그녀는 다시는 아이를 낳을 수 없는 석녀가 되어 미국에 이주해 양자를 키우게 된다. 흑인 장교 남편과 흑인 양자가 한 가족을 이룬 가정, 그것은 인종을 넘어선 인류 가족의 휴머니즘을 드러낸다. 〈봄 꿈〉은 어둡고 험난했던 시대를 배경으로 창녀촌의 일그러진 생태와 정치적인 구호가 난무하는 연극이지만, 시종일관 진술한 서민들의 삶과 따뜻한 인간애를 껴안고 있는 작가의 태도로 말미암아 인간과 사회에 대한 희망을 도처에서 감지하게 하는 새로움이 발견된다.

〈세 친구〉는 박석·김이섭·유동진 등을 중심으로 전개된다. 이 세 사람은 모두 1905년 출생으로 동갑이다. 박석은 1930년대 후반 동양극장을 무대로 활동했던 박진(1905~1974), 김이섭은 한때 극예술연구회에서 연극활동을 했던 김광섭(1905~1977), 유동진은 극예술연구회로부터 1960년대 드라마센터를 주도했던 유치진(1905~1974) 등 실존인물을 각각 비유한 등장인물이다. 작가에 의해 다소 창작된 측면이 있기는 하지만, 실존인물의 과거사가 거의 사실대로 응용된 역사 기록극이라 할 수 있고, 이런 측면에서 일제강점기의 사회사나 연극사에 관심이 있는 연극관객들에게는 더욱 흥미를 끌게 하는 작품이다.

장황하게 뜸 들일 것 없이, 이들의 행위를 통해 일제 말기의 문화통제 상황을 구조적으로 재현하고, 연극인들의 친일행각(특히 유치진)을 적나라하게 밝혀내려 한 점에 작가의 의도가 들어있다. 한마디로 75년이 경과한 이 시점에서 친일문제를 공개적으로 비판하려는, 냉엄한 작가정신을 구현했다고 요약할 수 있다. 극작가 이재현은 〈선각자여〉(1985)를 통해 이광수의 친일문제를 다룬 적이 있었는데, 〈세 친구〉는 연극계에서 이광수의 역할을 자행했던 유치진의 친일문제를 거의 분석적으로 새롭게 조명함으로써, 오늘날의 우리에게 잊혀진 상처의 아픔과 가슴 서늘한 반성을 불러일으킨다.

기록극은 브레히트식 서사극의 한 양식으로서, 관객의 적극적인 참여적 관찰과 비판을 전제로 한 연극이다. 이런 관점에 무관심한 사람들에게 기록극은 온당하게 가치를 평가 받지 못한다. 〈세 친구〉는 매우 특수한 작품이라 할 수 있고, 김광섭과 유치진의 경우에는 일제강점기 그들이 발표한 글이나 작품활동 자료를 그대로 인용 소개하고 있어, 정밀한 검증 관찰과 심도 있는 감상을 동반하지 않고서는 작품의 전체상을 이해하기 어렵다. 다만, 박진의 경우는 작품을 주도하는 주인공으로서 인물로 부각된 점이 현실감을 느끼게 하고, 작품에 생동감을 불어넣고 있다.

작가는 이 작품을 창작하기 위해 적지 않은 관련 학술자료를 독파한 것으로 밝혔다. 뿐만 아니라, 동시대의 상황을 노래·낭독·판토마임·그림·영상·포스터·의상·효과음·영상, 특히 대조적인 장면 영상 같은 것을 통해 장면의 사실성과 이미지를 표현하고자 했다. 이러한 노력은 작품의 구조화에 크게 기여한 것으로 드러난다.

『식민지시대의 친일연극』(태학사, 1997)이라는 저서를 집필한 바 있는 필자로서는, 현시점에서 친일문제를 논의하는 것이 얼마나 어려운 작업이자 실천적 정신인지를 절감하고 있다. 이 문제는 비단 일제강점기에 국한되는 것이 아니라, 어느 시대, 어떤 정치적 상황에도 상관되는 개인의 주제적 삶과 사회적 역할의 문제와 직결되는 과제인 까닭이다. 작가 노경식에게도 이 문제는 예외일 수 없다. 75년이 경과된 지금, 친일파를 몇 사람 비판했다고 통쾌해 하거나 '성과 운운'할 처지가 아니다. 우리 모두는 독립투사의 자손도 아니다.

이런 여러 가지 국면을 고려하더라도 〈세 친구〉의 연극사적 의의는 분명하고 아울러 창의적이다. 개인적으로 작가적 정신이 살아있음을 방증하는 작품인 동시에 연극계로 보더라도 이렇게 지성적인 창조정신이 극작계에 빛나고 있음을 입증하는 실천적 작품이기 때문이다.

— 제8희곡집『봄 꿈·세 친구』(2019) 중에서

한국 리얼리즘 연극의 대표작가

유 민 영 (연극사학자, 서울예술대 석좌교수)

우리 희곡사나 연극사를 되돌아보면, 대략 10년 주기로 주역들이 바뀌고 따라서 역사도 변해왔다는 점을 발견하게 된다. 1930년대의 유치진을 시작으로 하여 1940년대의 함세덕 오영진, 1950년대의 차범석 하유상, 그리고 1960년대의 노경식 이재현 윤조병 윤대성 등으로 이어지는 정통극, 이를테면 리얼리즘 희곡의 맥이 형성되었음을 알 수 있겠다. 그렇게 볼 때, 노경식이야말로 제4세대의 적자(嫡子)로서 우뚝 서는 대표적 작가라고 평가하지 않을 수 없다.

노경식의 데뷔작 〈철새〉(1965)에서부터 초기의 단막물 〈반달〉(月出)과 〈격랑〉(激浪)에서 보면 그는 대도시의 뿌리 뽑힌 서민들이나 6.25전쟁의 짓밟힌 연약한 인간군상을 묘사함으로써, 그의 첫 번째 주제는 중심사회에서 밀려나 초라하게 살아가는 민초에 대한 연민과, 따뜻한 그의 인간애가 작품 속에 듬뿍 넘쳐난다. 두 번째는 역사에 대한 성찰이라고 할 수 있겠는데, 권력층의 무능과 부패로

인한 민초들의 고초와 역경을 묘사한 작품군(群)이다. 그의 작품들 중 대종을 이루고 있는 사극의 시대배경은 삼국시대부터 고려시대 조선시대, 그리고 근현대까지 광범위하다. 삼국시대에는 주로 설화를 배경으로 서정적 작품을 썼고, 조선시대부터 정치권력의 무능에 포커스를 맞추더니 근대 이후로는 민초들의 저항을 작품기조로 삼기 시작했다. 그런 기조는 현대의 동족상잔과 군사독재 비판으로까지 확대되었다. 세 번째로는 고승들의 인생과 심원한 불교의 힘에 따른 국난극복의 과정을 리얼하게 묘파한 〈두 영웅〉과 같은 작품들이다. 네 번째로는 그의 장기(長技)라 할 애향심과 토속주의라고 말할 수가 있을 것이다. 〈달집〉〈소작지〉〈정읍사〉 등으로 대표되는 그의 로컬리즘은 짙은 향토애와 함께 남도의 서정이 묻어나는 구수한 방언이 질펀하게 드러난다.

그러나 무엇보다도 그가 돋보이는 부분은 리얼리즘이라는 일관된 문학사조를 견지하고 있다는 분명한 사실이다. 대부분의 많은 작가들은 시대가 바뀌고 감각이 변하면 그에 편승해서 작품기조를 칠면조처럼 바꾸는 것이 상례이다. 그러나 노경식은 우직할 정도로 자신이 신봉해 온 리얼리즘을 금과옥조처럼 고수하고 있는 것이다. 물론 그 역시 뮤지컬 드라마 〈징게맹개 너른들〉에서 외도한 것처럼 보였지만 그 작품도 자세히 살펴보면 묘사방식은 지극히 사실적임을 알 수가 있다. 그가 우리나라 희곡계의 제4세대의 대표주자로서 군림하고 있는 이유도 바로 그런 고집스런 작가정신에 따른 것이라고 말할 수 있다.

극작가 노경식의 등단 50년을 기념하는 이 자리를 보면서 나는 기분 좋은 얘기를 하나 접하고 있다. 내일모레 80고개를 넘어야 할 나이에 노익장을 과시하려는 듯 장막극 〈봄꿈〉(春夢)을 얼마 전에 탈고하였다는 기쁜 소식. 더구나 그는 1960년의 4.19세대로서, 그가 직접 경험하고 실천했던 4.10혁명을 소재로 한 신작이라니까 자못 기대되는 바 크다.

　― 노경식 등단50주년 기념공연
　　『두 영웅』(2016)에 부쳐

역사의 심연에서 길어올린 자기 성찰의 연극세계

박영정(한국문화관광연구원 선임연구위원)

노경식 작가의 여덟 번째 희곡집『봄꿈 · 세 친구』가 세상에 나왔다. 1965년 희곡〈철새〉로 등단한 지 50년이 훌쩍 넘었으니 그가 작가로 활동한 기간만 해도 여느 사람의 한 생에 이른다. 널리 알려져 있다시피 그의 작품 세계는〈달집〉(1971)으로 대표되는 사실주의 희곡의 지속과 지평 확대에 있다.

이번 희곡집에 실린 네 편의 작품은 모두 역사극이라는 특징이 있지만, 어느 작품에서나 사실주의 극작술은 변함없이 이어지고 있다. 아카이빙한 영상 자료를 활용하여 작품의 박진성은 더욱 강화되었다. 최근에 선보인 그의 역사극은 사실적 접근만 아니라 명징한 역사의식으로 역사적 해석에 깊이를 더욱 보여주고 있다.

〈봄꿈〉은 4.19혁명 시기 한 청춘 남녀의 가슴 아픈 사랑 이야기를 그리고 있다. 서울역 앞 양동의 사창가 '창녀'와 4.19에서 희생된 '남자 대학생' 두 남녀 간의 애틋한 사랑 이야기 속에, 당대의 사회상을 다층적으로 펼쳐 보이는 이 작품은 '봄꿈'의 제목처럼 아름답지만 처연한 슬픔을 안고 있는 봄꽃과 같은 청춘 사랑을 그리고 있다. 민주주의를 파괴하는 야만과 혼돈의 시대를 순수하기 그지없는 청춘의 사랑과 대비시키고 있다. 여러 가지 수많은 영상자료들(일부는 당대 자료 아카이브, 일부는 재현 영상)을 무대 위 사건들의 사실성을 강화하는 장치로 활용하고 있다.

〈봄꿈〉이 다루고 있는 4.19혁명은 작가 노경식에게는 작가정신이 저장된 무의식의 깊숙한 심연 같은 곳이다. 등단 이후 50여 년간 무언가를 향해 끊임없이 달려왔던 노경식 작품의 출발점이자 모태와 같은 세계이다. 그러한 의미에서 〈봄꿈〉은 단순한 역사극이 아니다. 남원 출신 대학생 '차윤호'와 마산 출신 창녀 '난희'의 사랑은 남원 출신으로 마산 땅에서 3.15 부정선거 반대 시위에 참여하다가 희생된 김주열 열사의 표상이자, 남원 출신 작가로 근대 현대사의 질곡을 온몸으로 담지해 온 작가 자신의 인생이 응축된 원형의 세계 표상이라고 하겠다. 70살이 넘어 4.19 묘지 앞에서 선 주인공 난희는 오랜 세월 동안 작품 활동 끝에 비로소 만들어지고 응축된 노(老)작가의 여성화된 자아이다. 남성 작가의 여성 서사가 가질 수 있는 위태로움 속에서도 당당한 내적 주체로 그려진 난희의 형상화는 극작가 노경식이 지닌 인간 이해의 완숙미를 보여주는 것이기도 하면서 새로운 사실주의의 시작을 알리는 원점이기도 하다.

〈세 친구〉는 일제강점기 '대동아전쟁'(태평양전쟁) 시기에 총후정신(銃後精神)을 외치는 이른바 「국민연극」으로 불리는 시대의 질곡과 아픔을 우리의 연극무대 위에 불러내고 있다. '친일문예 적폐청산을 위한 해원굿'이라는 부제가 말해 주듯이 〈세 친구〉 희곡은 작가를 포함한 우리들의 한국연극계가 애써 눈감아 왔던 반민족 친일연극의 역사와 진실을 적나라하게 재현하고 있다. 작품에서는 을사년(1905) 생 연극인 유동진, 김이섭, 박석의 세 친구를 주요인물로 내세고 있다. 그러나 이들 '세 친구' 외에 당대 거의 모든 문학 예술인들을 줄줄이 소환하여, 8.15 민족해방 당시 그 시점에서 그들은 과연 각기 어디에서 무슨 짓을 하고 있었느냐고 작가는 되묻고 있다. 마치 역사 기록화 같은 사실적 재현, 역사의 재구성을 통해서, 〈세 친구〉는 그 참담하고 왜곡된 역사의 현장에다가 오늘의 우리들을 끌어다놓고 정면으로 바라보게 만든다. 우리를 강제로 '시대의 목격자'로 만들어내는 접근방식은 작가 노경식이 짊어진 역사적 숙명을 털어놓기 위한 '장대한 의식' 같은 것인지도 모른다. 이는 을사년 생 문학예술 선배들에게 대한 역사적 비판이라기보다는 자신을 포함한 우리 연극계를 정화하기 위한 한 판의 씻김굿이자, 오늘의 한국연극과 후배세대를 향한 작가 세대의 속죄의식에 가깝다.

노경식 제8희곡집 『봄꿈·세 친구』는 〈봄꿈〉(春夢)과 〈세 친구〉 외에 〈두 영웅〉과 〈반민특위〉 두 편의 역사극이 함께 상재되어 있다. 노경식은 이 네 편의 역사극을 통해서 이 시대 연극예술이 헤쳐 나아가야 할 역사적 책무를 자신의 삶에 대한 성찰 속에 그려냄으로써 심화된 리얼리즘의 세계를 보여 준다. 요즈음 일본의 수출

규제 국면에서 한일관계에 대한 재인식이 이루어지고 있는 현하, 친일연극의 청산이라는 생경한(?) 주제를 심도 있는 성찰과 역사의식으로 접근하는 노경식 희곡의 가치를 새삼 확인하게 된다. 그가 펼치고 있는 역사의 현장과 장면들을 따라가다 보면, 우리는 닫힌 역사의 심연에서 역사적 진실을 길어 올리는 자기 성찰의 연극 세계를 확실히 만나게 될 것이다.

— 『한국연극』 11월호(2019)

『노경식희곡집』 총목록 (전8권)

■제1권 '달집'
1. 철새 (단막) — 1965
2. 激浪 (단막) — 1966
3. 달집 (3막4장) — 1971
4. 징비록 (2부9장) — 1975(공연)
5. 黑河 (10장) — 1978

■제2권 '정읍사'
1. 小作地 (3막5장) — 1979
2. 塔 (2막8장) — 1979
3. 父子 (단막) — 1979
4. 하늘보고 활쏘기 (1인극) — 1980
5. 북 (3막11장) — 1981
6. 井邑詞 (12장) — 1982

■제3권 '하늘만큼 먼나라'
1. 오돌또기 (10장) — 1983
2. 불타는 여울 (8장) — 1984
3. 삼시랑 (총체연극) — 1985
4. 하늘만큼 먼나라 (3막16장) — 1985
5. 江건너 너부실로 (2막5장) — 1986
6. 萬人義塚 (9장) — 1986
7. 他人의 하늘 (11장) — 1987

■제4권 '징게맹개 너른들'
1. 침묵의 바다 (3막10장, 원제 : '강강술래') — 1987
2. 燔祭의 시간 (12장) — 1989
3. 한가위 밝은 달아 (8장) — 1990
4. 가시철망이 있는 풍경 (2막7장, 공연명 : '춤추는 꿀벌') — 1992
5. 징게맹개 너른들 (뮤지컬) — 1994.

한국 희곡 명작선 31

세 친구

초판 1쇄 인쇄일 2021년 1월 10일
초판 1쇄 발행일 2021년 1월 20일

지 은 이 노경식
만 든 이 이정옥
만 든 곳 평민사
　　　　　서울시 은평구 수색로 340 〈202호〉
　　　　　전화 : 02) 375-8571
　　　　　팩스 : 02) 375-8573
　　　　　http://blog.naver.com/pyung1976
　　　　　이메일 pyung1976@naver.com
등록번호 25100-2015-000102호
ISBN　　978-89-7115-729-9 03800
　　　　　978-89-7115-663-6 (set)
정　　가 8,000원